KB272364

반 고흐의 마지막 획

반 고흐의 마지막 획

(sailim)

열림원

청예 소설

일러두기

본 소설은 인상주의 화가 빈센트 반 고흐와 폴 고갱을 비롯한 실제 인물과 사건을 바탕으로 재구성되었으며, 이에 따라 미술사적 고증과는 큰 차이가 있음을 밝힌다 .

목차

O.

본 문서는 범죄행동분석관 김진유의 입회하에 용의자 반공후를 적법한 절차에 따라 조사하고 그 내용을 기재한 조서다. 본 건은 공소권없음 처분으로 종결됐다. 추가 증거나 자료 첨부가 필요할 시 문서 재작성이 아닌 추가 수사 보고 형식으로 이뤄져야 하며 이때 제출 관할은 수원지방검찰청 안양지청으로 제한한다.

반공후　몇 번이나 말해야 말귀를 알아듣나요? 내가 아니라니까요.

김진유　합동 전시 이후로 피해자에게 앙심을 품고 교살한 거 아닌가요? 자백하시면 양형에 반영될 수 있습니다.

반공후　내가 죽이질 않았는데 양형은 얼어 뒤질 양형.

김진유　그렇다면 이건 어떻습니까? 만약 반공후 씨의 증언이 맞다면 피해자는 전등 줄에 목을 매달았으나 줄이 끊어져 바닥으로 추락했습니다. 최초 발견자 반태오 씨가 경찰에 신고했고요. 여기까지는 인정하십니까?

반공후　객관적 사실을 묻는 거라면요.

김진유　반태오 씨는 그날 당신이 피해자와 심하게 다투고 있다는 연락을 받고 갔습니다.

반공후　그래서요? 안 싸웠다고 한 적 없는데요.

김진유　당신은 피해자의 사인을 자살로 위장하고자 교살한 다음 매달았습니다. 하지만 운 없게 전등 줄이 끊어져 교살 흔적이 사라지지 않았어요.

반공후　프로파일러라면서, 저랑 라포르 형성 안 해도 됩니까? 아니라고 하잖아요.

김진유　뭔가 착각하시나 본데, 당신은 지금 용의자 신분입니다. 성의 있게 임해 주십시오.

반공후　고경이는 스스로 죽었을 거예요. 나한테 밀리는 게 쪽팔려서요!

김진유　망자는 입을 열지 못하지만 산 자가 진실을 호도하지는 맙시다. 피해자는 촉망받는 화가였습니다.

반공후　진짜 라포르 형성은 개 밥그릇에다

버렸나 보네.

김진유 할 말 없으시죠?

반공후 매우 많지요.

김진유 그럼 하세요.

반공후 옹고경은 알고 있던 겁니다. 내가 빈센트 반 고흐로 환생한 사람이고, 전생에 자살이 아니라 타살로 생을 마감했던 사실을요. 나를 죽인 자가 폴 고갱, 바로 전생의 옹고경입니다. 나는 전생의 사인이 타살임을 알리고, 쓰레기 같은 폴 고갱의 죄악을 널리 알려 그 타락한 명예를 실추시키고자 다시 태어났어요. 옹고경은 두려웠겠지요. 내가, 반 고흐로 환생한 이 반공후가! 전생의 죄를 모두 폭로하고 자기를 거장의 반열에서 쫓아낼까 봐요.

김진유 반공후 씨.

반공후 폴 고갱은 대단한 예술가가 못 됩니다. 전생에선 내 몸에 총알을 박아 넣고 자살로 위장까지 한 작자입니다.

김진유 저기요. 반공후 씨.

반공후 그런 쓰레기 같은 짓을 현생에서까

지…….

김진유　이봐요.

반공후　아, 왜요!

김진유　당신은 정신분열 스펙트럼 장애 진단을 받은 적이 있습니까?

반공후　남은 사람만 미친 게 되는군요. 맹세컨대 단 한 차례도 나는 망상한 적이 없습니다. 내 삶을 제자리로 돌려보낼 순간이 왔을 뿐입니다.

＊

　　취조가 끝난 후 담당 형사는 캔 커피 하나를 뽑아 진유에게 건넸다. 진유가 디카페인이냐 물었으나 돌아오는 건 자판기 속 가격표를 가리키는 형사의 손가락뿐이었다. 분에 넘치는 욕심을 삼가라는 말 대신 9백원. 형사는 신입 딱지를 오래전에 뗐음에도 능숙해지지 못하는 진유의 어리숙함을 간결히 비웃었다.

진술을 검토하는 내내 무성의하게 페이지를 넘기는 형사의 손길은 조금도 진중해지질 않았다. 예상을 빗나가지 않는 용의자의 구태의연한 변명. 그것이 노련한 직업인의 한 줄 평이었다. 형사는 확신했다. 고경을 살해한 범인이 공후라는 점을. 결정적 물증은 발견되지 않았으나 정황상 그러했다.

첫째. 고경의 사인은 경부 압박으로 인한 질식이다. 범인은 죽은 고경을 전등 줄에 매달아 자살로 위장했다. 사망 원인이 타살로 밝혀진다면, 수사망이 좁혀 올 때 지인이 쉬이 의심받게 될 가능성이 높은 건 당연했다. 묻지 마 살인이라면 굳이 위장에 공을 들일 필요가 없었다. 고경의 거처가 인적 드문 곳에 세워진 주택이라 타인에게 발각될 위험이 매우 낮다는 사실도 간과할 수 없었다. 전등 줄에서 지문은 발견되지 않았다. 지문을 숨기기 위해 사용했으리라 추정되는 장갑 등의 도구 또한 남지 않았다.

이상의 정황들은 진실의 일부를 암시했

다. 범인이 제법 철두철미하다는 것. 이것 역시 우발 살해가 아닌 계획 살인을 방증하므로 면식범일 가능성을 더욱 높였다.

둘째. 현장에 족적이 남았다. 발 사이즈가 공후의 것과 동일했고, 밑창 디자인 또한 공후가 소유한 적이 있다고 확인된 뉴발란스 520 모델이었다. 공후는 해당 신발을 잃어버렸다고 잡아뗐으나, 그녀의 동생 태오가 다시 증언했다. 신발장에 해당 신발이 보관되어 왔고, 얼마 전에 공후가 폐기했음을.

신발을 폐기한 척한 후 고경을 교살한 날 착용했으리란 게 형사의 추리였다. 이미 내다 버려 더 이상 자신과 유관한 물품이 아니라는 허술한 알리바이를 만들기 위해서다. 현재까지 해당 신발은 발견되지 않았다.

셋째. 고경과 공후는 직업적 가치관의 차이로 관계가 좋지 못했다. 고경은 전도유망한 회화 작가였고, 공후는 아니었다. 공후는 합동 전시에서 작품을 한 점밖에 팔지 못해 망신을 당한 적이 있었으며 심지어 그날 고경의 손에 작품이 찢기는 모욕까지 겪었다.

그렇다면 공후의 앙심이란 비호의적 관계라는 키워드를 바탕으로 생애 알고리즘이 도출한 예측 가능한 결론이었다. 해당 정보는 둘 모두와 친분이 있는 제삼자, 나바다의 증언에 기반한다.

진유는 엄지손톱을 잘근잘근 씹었다. 골몰할 때 무의식적으로 나오는 습관이었다.

"용의자는 왜 자기가 빈센트 반 고흐의 환생이라는 헛소리를 할까요?"

형사는 진유의 의문에도 아랑곳없이 캔 커피만을 해장국 먹듯 게걸스레 들이켰다. 형사의 힘이 실린 손 모양대로 구겨진 캔이 시계 방향으로 회전하며 쓰레기통 속으로 숨었다. 그는 엄지손톱 따위 깨물지 않는 베테랑이었다.

"말했잖아요. 최후의 수단으로 정신질환 카드를 꺼낼 거라고."

"이판사판으로 나오겠다는 걸까요."

"이미 살인은 저질렀고, 자백할 타이밍

은 놓쳤고, 심증은 넘치죠. 우리가 물증만 잡으면 감방행 기차를 타는 겁니다. 망상증 연기라도 해서 어떻게든 나중의 형량을 줄이려는 수작을 부리고 있어요.”

진유는 다시 엄지손톱을 깨물려 했다. 형사가 남의 집 아이를 훈육하는 어른처럼 매정히 그 손등을 내리쳤다. 날카로운 손찌검에 무안해진 진유는 자기도 모르게 온몸에 기합이 들어갔다. 할 일을 잃은 손은 불만이 있는지 괜스레 꿈질거렸다. 부쩍 서늘해진 대기가 뻣뻣해진 몸을 얇게 감았다. 서글픈 자화상을 숨기려는 가을이었지만 늘 촉각으로 그 기척을 들켜 버린다.

창밖에는 그 변화에 굴종하여 몸 끝을 서서히 황색으로 태우려는 나무가 있었다. 탄생과 죽음을 끝없이 순환하는 생명체를 보며 진유는 생각했다. 왜 하필이면 죽은 화가의 이야기를 끌어왔을까, 하고. 그저 미대 출신 용의자의 마지막 말장난이라기에는 그 눈빛이 잊히질 않았다. 분명 총기가 있었다. 어떠한 결의를 내포한 날선 다짐. 진유는 그런 의지가 형사나 경찰이 아닌 용의자에게서 나오는 모습을 처음 경험했다.

형사가 진유의 어깨에 제 팔꿈치를 얹었다. 반쯤 접힌 어깨동무가 꽤 불손했다.

"운이 좋네요. 이렇게 쉬운 사건을 배정받다니요. 이제라도 밥벌이는 하라는 하늘의 계시인가요."

"제 밥벌이라면 걱정하지 않으셔도 됩니다."

"누가 월급 말했나. 월급 담아 먹을 그릇을 말했지. 염치요, 염치."

사람을 놀리면서도 미안함이 없는 형사의 입꼬리가 빙퉁그러졌다. 대놓고 깔보는 사람 앞에서 당당해지질 못한 진유는 엄한 부모의 지시대로 쓴 한약을 들이켠 아이처럼 싫은 내색을 참았다. 단어가 거세된 인공적 미소 말고는 입이 열 개라도 할 말이 없었다. 형사의 무시에는 가시도 있고 뿌리도 있었으니.

여태 배정받은 사건에서 진유가 만든 성

과는 전무했다. 심지어는 몇몇 사건이 타 범
죄행동분석관에게 이관되는 굴욕까지 겪었
다. 지금의 진유는 기억 어드멘가 보관해 둔
초년생 시절의 낡은 의지를 꺼냈다 뺐다 하
며 버틸 뿐이었다. 그 지루한 왕복운동은 삶
에 생기를 불어넣기보다는 갈취하는 쪽에 가
까웠다. 그러나 이번에는 달랐다. 범인이 확
실했다. 확실하게 만들 예정이었다. 당장 프
로파일링으로 자백을 끌어내지 못하더라도
시간 문제일 뿐이었다.

　형사는 진유의 시선을 따라 창 너머를
함께 응시했다. 바쁜 직업인들이 인사조차 없
이 서로의 곁을 빠르게 스쳐 갔다. 숲을 상실
한 황색 직선이 외롭게 느껴지는 정오였다.

　"어차피 반공후한테는 정신과 진료기록
도 없지 않습니까? 주장과 달리 정신분열 스
펙트럼 장애가 아니니까요. 그런데도 자기가
반 고흐로 환생했다는 헛소리를 반복함으로
써 판단력에 이상이 있는 것으로 보이게끔
연기를 하고 있어요. 이럴 때는 내 정신이 분

열되어 있어요,라고 말하는 것보다 나는 절대로 그렇지 않아요,라고 말하는 게 훨씬 더 수상한 사람처럼 보입니다. 우리를 혼란시키려는 거죠. 살인자 새끼가 머리까지 쓰면 훨씬 더 괘씸한 줄을 모르고."

형사의 호쾌한 음성 사이에는 띄엄띄엄 코웃음이 섞여 있었다. 사람이 죽어도 누군가는 자기 몫의 내일을 기대한다. 순조롭게 처리될 사건에 자신만만해하는 형사가 그러했다. 진유는 그와 대화를 이어 갈 의지를 조금씩 잃어 갔다. 단지 회상했다. 이곳에 처음 왔을 때의 자신을.

사명감이 투철한 직업인이 되어 범죄와 맞서 싸우는 등불이 되리라 믿었었다. 유능과는 거리가 멀었으나 어쨌든 몇몇 범죄자의 처단을 도왔다. 일상으로 기어들려는 악의 사족을 꼼꼼히 접어 지옥으로 내던졌다. 쉬운 업은 아니었다. 재능의 뒷받침 없이 선량하기만 했던 의지는 생각보다 힘이 약했다. 진유는 이 길이 자신의 길이 아니라는 나약

한 생각을 밥 먹고 물 마시듯 반복했다. 부정의 틀 안에서만 역동했던 자아는 진유를 빈번히 무너뜨렸다. 언젠가부터 진유는 스스로를 성공한 직업인이 아닌, 실패한 사회인으로 간주했다. 일을 잘 하지도, 소명 의식을 굳건히 지키지도 못해 이도 저도 아니게 된 낙오자. 이제는 비슷한 처지의 패자들을 보노라면 측은한 마음이 들어 종종 어리석은 선택을 하기도 했다.

모든 실패자와 나는 한편. 그런 열등의식이 뿌리를 내린 지 오래였다. 일을 잘 하든 앞가림을 잘 하든 뭔가 하나는 잘 해야 해요, 진유는 누군가에게서 들은 날 선 조언을 떠올렸다. 고민이 됐다. 창밖의 나무가 피워 낼 단풍들마저 모두 추락할 겨울이 오면 자신은 어디로 가게 될까, 하고서. 벌을 받는 기분이 떨쳐지지 않았다.

"제가 해야 할 일은 간단하네요."

"참으로 간단하지요. 반공후가 연기하고 있다는 것. 그거 하나만 증명하세요. 추후

감경 없이 온당한 벌을 다 받게요.”

“그런데요, 형사님.”

“뭔가요?”

여전히 작은 의문이 죽지 않고 남았다. 어쩌면 저 나무는 한여름에도 잎끝을 황색으로 태우지는 않았을까. 그냥 태어날 때부터 세포가 비틀려서, 남들과는 조금 다른 상태로 영원히 초가을을 연기하고 있는 가짜 식물은 아닐까. 그도 그럴 것이 주변 나무들에 비해 이상하리만치 혼자서만 퇴화된 초록이었다. 진유는 눈을 게슴츠레하게 떠 그 거짓된 자연을 응시했다. 취조가 끝나자마자 울먹이며 화장실로 뛰쳐 가던 공후의 뒷모습이 자꾸만 어른거렸다. 당장 눈앞에 보이는 모습에만 집중하려 해도, 여자 화장실 너머로 들려오던 희미한 설움, 혼신을 다해 입을 틀어막음에도 새어 나오던 분쇄되고 지친 소리들이 진유를 괴롭혔다.

그녀가 그녀를 죽였는데 왜 그녀가 우는 걸까. 진유의 시선 위로 무형의 소름이 돌아났다. 가르쳐 주는 이가 없어도 진유는 배웠다. 가장 확실해 보이는 것이 가끔은 가장 불확실하기도 하다는 점을. 어떤 진실은 희미한 불확실성에 기대야만 틈새를 허락한다는, 운명의 치사함 같은 것 말이다. 진유는 곱씹었다.

이 사건에는 반전이 없다. 그래서 뒤집을 수가 없다.

"반공후가 범인이라는 물증을 못 찾으면 어떻게 됩니까?"

형사가 실소와 함께 즉답했다.

"그 여자는 이제 존재가 곧 물증입니다."

6.

고경이 죽기 전의 일이다.

문화체육관광부의 지원을 받아 코엑스에서 합동 전시가 개최됐다. 표면적으로는 출신과 소속을 초월하여 미술계 종사자들의 사기를 북돋는 행사였으나 실상은 매년 지원을 촉구하는 예술인들을 달래기 위한 예산 털이 행사였다. 매번 보여 주기식으로 정부에 이용만 당할지라도 곤궁한 예술가들은 작품을 들고 어김없이 모였다. 절대 불변하는 공식처럼 이번 행사 또한 풍족치 못한 환경만을 제공했으나 때때로 진창 속에서도 행운이 피어나리라는 순수가 그들의 피로를 덜었다.

공후 또한 부스를 꼼꼼히 점검했다. 전시장 바닥재의 격자무늬와 매대의 직선이 이루는 각도가 깔끔한지, 가벽에 걸어 놓은 작품의 간격이 정확히 20센티미터를 유지하고 있는지. 굳은 목덜미 위로 얇은 땀줄기가 흘렀다. 가을의 발자국도 모른 채 버티는 더위는 사람의 모든 감각이 피부로 쏠리게끔 정신을 교란했다. 소음에 대한 민감도가 떨어져 호명 소리조차 잘 인지하지 못했다. 행사 책임자는 공후의 그 집중력을 칭찬했다.

"작가님, 부스가 정말 근사하네요."

"코딱지만 한 공간이지만 작품을 진열할 곳이니 근사해야지요."

신인답지 않은 불퉁함이었다. 공후는 사람이 곁에 선 줄을 알면서도 제 일만 했다. 책임자는 이름도 외우지 못한 일개 참여 작가를 감정적으로 응대하지 않았다. 대신 부스 점검 리스트에 사인을 요청하는 동안 객쩍은 인사치레로 무안함을 감추었다.

"내방하는 손님들에게 많이 판매되길 바랍니다."

"혹시 옹고경 작가 부스도 가 보셨나요?"

"그럼요. 옹 작가님은 언제나 완벽하죠. 이번에도 새를 그린 작품이 정말 멋있어요."

대다수의 사람은 공후의 이름을 몰랐고 앞으로도 모른 채 살 가능성이 컸다. 하지만 고경의 이름은 아니었다. 공후와 같은 처지의 예술가일 뿐인데도 금방 환해지는 책임자의 표정이 공후는 마뜩잖았다. 가타부타 싸울 명분은 없었기에 얼른 떠나라는 식으로 손사래를 쳤다. 책임자는 공후가 토라진 원인을 몰라 이런 저런 말로 분위기를 환기해 보려 했으나 소용은 없었다. 그는 애꿎은 점검 리스트만 연거푸 확인하곤 떠났다.

공후와 고경은 학과 동기에, 추구하는 스타일까지 미묘하게 유사하여 언젠가부터 줄곧 라이벌이었다. 혹은 그렇게 보였다. 재학 시절에는 오랫동안 기숙사 메이트였으나 이제 메이트란 말은 힘을 다 잃은 정의였다. 싸우고 화해하기를 수차례. 손을 잡고 놓기를 또 수차례. 기약 없이 반복되는 수축과 팽창을 이기지 못하여 관계는 삼나무 원목처럼 갈라졌다.

졸업 직후 고경은 유수의 에이전시 대표와 명함을 주고받았고 작업실을 마련했다. 공후는 집으로 돌아갔다. 있는 거라곤 바보 같을 만큼 살가운 동생, 태오뿐인 세상으로 공간의 변화가 고경에게 사회적 출세를 증명하는 성과였던 반면 공후에게는 좌천이나 다름없었다.

공후는 처지가 한탄스러울 때마다 자신을 몰라주는 대중을 우매하다 탓했다. 인정받지 못한 예술가가 터득한 가여운 정신 구제법이었다. 외로운 방어기제는 이미 닳고 오래되어 멈추는 버튼조차 고장이 났다. 과거 고경이 과천의 작업실 풍경을 공유해 줬을 때도. 오늘처럼 타인이 악의 없이 고경을 칭찬했을 때도. 공후는 언제나 비슷한 원망을 반복했다.

그러나 고경은 망설임 없이 공후 앞에 섰다.

"후야, 잘 지냈어?"

인사가 불편하다는 생각은 둘 모두에게 마찬가지였다. 애써 다가왔지만 고경의 말끝 또한 불안하게 떨렸다. 고경은 유효기간이 지나 버린 애칭으로 그간의 거리감을 상쇄해 보려 했다. 그건 분명 노력이었다. 고경이 더 어른스러운 여자냐 하면 그렇다고 할 수는 없었지만, 적어도 상대가 보지 못하는 곳에서 구시렁거리는 일만은 삼갈 줄 알았다. 반면 공후는 언제나 제 감정을 삼가지 못해서 늘 더 초라했다. 야밤의 살쾡이처럼 뾰족하게 뜬 눈이 증오와 피로로 얼룩져 쓸데없이 희번득했다.

"내 부스엔 왜 왔는데?"

"잘 지내는지 궁금해서. 정정당당하게 잘 해 보고 싶기도 하고."

"누가 보면 전쟁이라도 하는 줄 알겠다? 정정당당하자는 말은 내가 더 하고 싶어."

"설마 아직도 네가 전생에 반 고흐였다는 얘기를 하려는 거야?"

"난 너한테 피해를 많이 입었어. 전시에서만큼은 작가답게 굴어, 이 장사꾼아."

고경의 노력은 빛도 보지 못한 채로 언짢게 돌아왔다. 그녀는 두 손바닥을 맞붙이며 정신 줄을 놓은 친구를 위해 기도하는 시

늉을 했다. 소심한 반격이었다. 공후는 못 본 척 넘어가질 못했다.

"이번에 나바다 그림까지 네 부스에 같이 진열했다면서? 추천 작가라고 마음에 없는 말까지 써 놓고 부끄럽지도 않아? 서로 돈으로 북 치고 장구 치고 예술가 행세하니까 좋아?"

"난 여기 비즈니스 하러 왔지 멋 부리러 온 게 아니야. 안 그래도 바다 때문에 할 이야기가 있어. 네 동생 관련해서."

"너희 같은 장사치들이랑 섞을 말 없어."

이미 유효기간이 지난 관계였다. 둘 사이에 존재했던 정마저도 먼지 묻은 사탕처럼 쓸모없어졌음을 고경도 이제는 알았다. 티가 날 정도로 크게 한숨을 뱉고는 허리춤에 손을 올렸다. 고경은 바다의 그림이라면 자신도 성에 차지 않았지만 어쩔 수 없었다는 변명을 하려다 고개를 저었다. 그 모습은 사실을 회피한다기보다는 어리광을 부리는 한심한 자식 때문에 골머리를 앓는 부모 같이 보였다.

“공후야. 네 실력이 뛰어난 건 나도 알아.”

“남들은 몰라도 넌 알아야지.”

“근데 나도 장사치란 말을 들을 정도로 부족하지는 않아, 그 실력이라는 거.”

고경은 한 손에 들고 있던 삼각김밥을 공후의 매대 위에 내다 꽂았다. 굶지나 말라는 닳은 애증. 그녀는 한 번 더 상하 관계에 쐐기를 박는 우월한 자비를 보이고선 본인의 부스로 돌아갔다. 살가운 반응을 바라지도 않았단 건 공후 앞에 방치된 삼각김밥으로도 충분히 알 수 있었다.

공후는 그녀의 등을 원수의 낯짝이라도 대하듯 노려보았다. 사기꾼 같은 년. 아무도 공후의 읊조림을 듣지 못했다. 뺨이라도 한 대 맞고 내뱉는 분노라면 속이 시원할 테지만 명분 없이 속에서만 맴도는 불만이었기에 아무리 뱉어도 개운하질 못했다. 어쩔 수 없이 곁에 두어야 한다면 감추기보다 껌처럼 질겅질겅 씹어야 겨우 편해지는 그녀였다.

재학 시절부터 고경은 합리적이었다. 기회가 생길 때마다 작품을 홍보해 온 덕에 많은 외주 계약을 체결했고, 작품 판매까지 더러 고가에 성사시켰다. 자본의 세계에서 작가적 고집을 일보 후퇴시키는 협상력을 가진 여자에게 세상은 발판을 주었다. 처음에는 꽤 삐걱거렸지만 고경은 두려워하지 않고 그 세상에 발을 디뎠다. 발판은 밟으면 밟을수록 점점 더 견고해졌다. 이제 고경은 에이전시가 먼저 찾을 만큼 유능한 직업인이 됐다. 고경은 셈에 밝았다. 셈에 밝은 여자는 셈으로 환산이 불가한 것들에는 어둡게 굴 줄도 알았다.

한편 공후는 철저한 작품주의였다. 언젠가부터 그림 앞에 서려는 작가들에게 치를 떨었다. 2층 침대와 2인용 책상이 놓인 작은 기숙사에서부터 둘의 대화는 한 악장을 넘지 못하는 불협화음으로 끝이 나곤 했다. 좋았던 시절이 있었음에도, 공후에게 고경과의 과거는 돌이켜 볼 엄두조차 나지 않을 만큼

가혹했다. 그럼에도 공후는 나쁜 과거를 부러 복기했다. 슬픔은 앓는 것이고, 분노는 내던지는 것이기에 차라리 분노가 나았다.

5.

주로 이런 기억들이다.

고경의 퇴사가 예정되었던 기숙사에는 짐을 반쯤 싸다 만 박스들이 많았다. 사람 대신 정리가 덜 된 물건만 가득한 공간이 공후에겐 이제 익숙했다. 밤늦게까지 주인 없이 방치된 침대를 볼 때마다 마음은 빈틈없이 닫혀 갔다. 약속 시간을 정해 두지 않고 마주 보는 일이라면 서로가 체벌같이 느끼던 관계의 끝자락이었다. 둘은 상대에게서 달아나지 못할 기다란 책상에 나란히 앉았다.

"옹고경, 너무한 거 아니야?"

"나는 오히려 너한테 서운해. 친구로서 이해해 줄 수 있잖아."

"이해도 도리를 지켜야지. 어떻게 내가 잘린 자리에 네가 인턴으로 들어가?"

"나는 네가 잘릴 줄 몰랐어. 교수님이 이력서를 급히 제출해 보라기에 냈던 거야."

"거짓말 마. 영문도 모른 상태로 서류를

낼 정도로 네가 얼빠진 애는 아니야. 또 나바다가 도와줬겠지.”

“네가 잘린 건 유감이지만, 나라도 잘해 보라고 축하해 주지는 못 해?”

그맘때 공후는 돈 문제로 골머리를 앓았다. 인턴 자리를 잃게 되어 매달 받을 월급마저 받지 못하는 처지가 된 탓에 예민해질 수밖에 없었다. 고경이 빈번히 자신을 밀어내고 있다는 피해의식이 극에 달해 있던 시기라 기본적인 충동 제어 또한 잘 되질 않았다.

공후가 바랐던 것은 미안하다는 말이었다. 그 사과 한 번이면 공후는 비록 고경이 자신의 일자리를 뺏었을지언정 그간의 악감정을 덮어 볼 의사 정도는 있었다. 사과 대신 돌아온 질책에 공후는 모골이 송연해지는 배신감을 느꼈다. 마지막까지 자신을 우습게 여긴다는 생각에 견디기가 힘들었다. 공후는 책상 위의 무신 마우스를 잡아 충동적으로 고경에게 던졌다. 고경의 오른쪽 귀를 스친 마우스는 바닥과 부딪히며 즉시 해체됐다.

조각난 플라스틱 파편의 일부가 크게 튀어올라 공후의 왼쪽 귓바퀴 살점에 박혔다. 이것이 전쟁이라면 공후 쪽에서 먼저 포화를 겨눈 꼴이었다.

"반공후, 너 미쳤어?"

공후는 잘못을 알면서도 자존심에 아무런 말없이 주먹만 쥐고 섰다. 사춘기 시절에조차 이토록 오기를 부린 적은 없었기에 스스로도 낯선 모습이었다. 고경을 대할 때면 공후는 늘 자기 자신이 어려웠다.

"너 갈수록 되게 이상해진다. 이 말만큼은 참으려 했는데, 네가 사회성이 부족해서 실패했단 생각은 안 해?"

함께 있을 때 행복을 주는 사람이 돌아서면 가장 큰 적이 된다. 막역했던 관계였기에 고경은 공후를 잘 알았다. 공후에게 가장 아플 칼을 골라 버린 날로 폐부를 찔렀다. 그 단명한 말끝은 당연하게도 공후의 통점을 쉬이 자극했다. 비난에 가슴 언저리가 욱신거리듯 아팠다. 가까스로 안면 근육에 없던 힘을 쥐어짜 참으려 했으나 고경은 그 인내를 높이 사지 않았다.

"네 작품 네 눈에만 멋있지 남 눈에는 허접한 걸 왜 인정 못 해? 네가 안 팔리고 내가 팔리는 게 내 잘못은 아니야. 그게 불안하면 병원을 가. 물론 너는 그 간단한 일도 해내질 못하지만."

더 이상 공후를 지지하지 않는 고경이란, 공후에게 어떤 말도 할 수 있는 인두겁을 쓴 괴물이었다. 공후는 꼭 주먹으로 안면을 구타당한 것 같아 정신이 얼얼했다. 귀에서 시작된 핏방울이 턱을 타고 흘러내렸다. 추락하는 것은 비단 피뿐이 아니었다. 감춰 뒀던 철 지난 애정까지 바닥에 내다 버리는 중력이 야속했다. 불안이 높아질 때마다 발생하던 이명 증세는 거세졌다. 귀를 움켜잡았다. 오감의 잔털이 비쭉 섰다. 고경이 더 이상 자기 미음 안에 살지 않노라 느낄 때면, 공후 안에서 기묘한 심상이 전개됐다.

19세기 남프랑스의 아틀리에에서였다.

작은 공간에서 벗과 싸우다 영혼의 파멸을 경험하고야 말았던 어떤 화가의 비극. 공후는 오래전부터 자기 이익을 살뜰히 챙기는 고경에게 열등감을 느꼈고, 즉흥적이며 기복이 심한 성정 탓에 정과 증오를 쉽게 혼돈했다. 좋아할 줄 아는 사람이 미워할 줄도 아는 법이라 그녀는 많이 미워하며 살아야만 하는 처지였다. 그맘때의 그녀는 이미 확신했다. 자신은 빈센트 반 고흐로 환생했다고. 눈을 감는 순간마다 전생의 억울한 죽음을 보았다. 그것이 망상인지 회상인지는 누구도 알 길이 없었다.

"개소리하지 마. 실력에서 밀리니까 어떻게든 이겨 보려고 다른 수 쓰는 거 모를 것 같아? 너 교수님이랑 밥도 여러 번 먹었다면서? 조교랑도 친하지? 선배들이랑도 잤어? 비겁한 년."

"혼자 드라마 찍니."

"할 말 없으면 무시하는 게 네 특기지."

"공후야."

"부르지 마. 이제 우리는 친구도 아니야."

"사람들이 너를 싫어하는 게 내 탓이니?"

고경은 어떡하면 공후가 아파할지 잘 아는 반면, 공후는 고경의 기분만 나쁘게 할 뿐 마음에 생채기 하나 내지 못했다. 공격성 표출이라는 일차원적 반응 외에는 무엇도 하지 못하는 어리숙함 덕에 고경은 무심한 얼굴로 공후의 영혼을 잘도 분질렀다. 달아올라 봤자 덜 익은 과일에서 쏟아지는 것은 애매한 단물이라 고경은 어떤 감흥도 느끼지 않았다. 공후가 더 많이 생각하고, 더 많이 고민했기에 늘 지는 입장이었다.

분을 참지 못한 공후는 홧김에 기숙사를 나갔다. 무리에서 배제된 비둘기처럼 끝도 없이 공원을 돌며 시간을 죽였다. 조용한 휴대폰을 붙잡고서 행여나 하는 마음으로 한참을 들여다본 심야. 그 길었던 정적 후 둘은 친구로도 지내지 못했다.

6.

다시 합동 전시. 악만 남은 과거를 복기하느라 무의식중에 숨을 참던 공후가 잔기침 같은 호흡을 반복했다. 그녀 안의 것은 어느 순간부터 그게 무엇이든 간에 아무리 내보내도 정화되질 못했다. 더 섞여들어 염증 오른 종기처럼 부풀기만 했다. 그렇다면 그것은 담痰이 아니라 이제 그녀의 일부였다.

공후는 합동 전시에서만큼은 좋은 실적을 만들고 싶었다. 가난에 허덕였어도 세상에 안목을 팔아넘기지 않은 자신을 증명하고 싶었다. 격조 높은 소비자에게 하나라도 더 팔면 될 일이었다. 훌륭한 작품만을 선별했으니, 문전성시를 이뤄 모두에게 본때를 보여 줄 일만 남았음을 그녀는 믿어 의심치 않았다.

행사가 시작된 지 얼마 지나지 않아 젊은 손님이 부스를 찾았다. 벽에 걸린 작품들이 각막에 닿을 정도로 가까이서 살폈다. 10

분이 넘는 오랜 시간 동안 수상쩍은 관찰은 지속됐다. 허름한 운동복에 구겨 신은 신발이라는, 예절이 결여된 행색에 공후는 상대를 마뜩찮게 살폈다. 미심쩍은 손님은 시종일관 그림에 딱 붙은 채 더운 숨을 뱉었다. 입김으로 만들어진 수증기가 작품에 들러붙을 것만 같았다. 그 시큼한 구취가 공기를 타고 공후의 비강을 두드렸다. 몇몇 손님들이 입장하여 작품을 구경하려다 지나치게 몰입한 그 손님에게 막히어 돌아서자 공후는 독설을 꺼냈다.

"손님, 작품 사실 거예요?"

"일단 좀 볼게요."

"죄송한데 그런 식으로 보지 말아 주세요."

"보라고 걸어 놓은 거 아니에요?"

"불쾌해서요. 그림 볼 줄도 모르시는 것 같은데."

고경 때문에 한차례 부정적 감정에 휩싸였던 공후는 적개심의 볼륨을 영리하게 조절하지 못했다. 무고한 손님은 불똥 같은 독설에 귓불이 확 달아오를 정도로 무안해하더니 떠나 버렸다. 공후는 소독약을 뿌린 티슈로 액자를 거듭 닦았다. 그 후 부스에는 몇 명의 손님들이 더 방문했다. 공후는 마수걸이를 해내고자 성격에 맞지 않는 성의를 쥐어짰다.

"밤하늘 그림이 참 예쁘네요."

"저는 시시각각 달라지는 빛과 색의 포착을 중요하게 생각하거든요. 작품 속의 별은 다른 그 어떤 별들과도 같지 않죠. 우리의 모든 순간이 단 하나뿐이라는 생각을 포스트 인상주의적 관점에서……."

"그렇네요. 정말 행복해 보이는 밤하늘이에요."

사연 없는 작품은 없으니 공후가 설명에 열을 올리는 일은 당연했다. 그러나 평가자들은 단순한 행복을 느낄 뿐이었다. 공후의 미간이 빠르게 오므라졌다. 1889년, 고흐가 생레미의 정신병원에서 인생의 어두운 터널을 지나던 시기였다. 그는 회한을 담아 〈별이 빛나는 밤〉을 그렸다. 공후 역시 고경과 싸운

후의 우울을 응집하여 그날 본 분한 밤하늘
을 그렸다. 행복이라는 대책 없이 해맑기만
한 단어로 저며질 얕은 작품이 아니라고 자
평했다.

"조예가 깊지 못하면 작품에 내재된 고
유한 가치까지 포착하는 건 불가능하겠죠.
이해합니다."

"네? 제가 혹시 말실수를 했나요?"

"예술을 모르니 진정한 의미를 못 느끼
는 건 굳이 따지자면 실수라기보다는 결함에
가까워요."

"아⋯⋯. 예⋯⋯."

작품은 당연히 팔리지 않았다. 공후는
자신의 말주변을 탓하고 싶지 않았다. 식견
없는 어중이떠중이들에게 작품이 팔릴 바에
야 주인의 품 안에 좀 더 머무는 게 안전하리
라고 제 자신을 억지스럽게 위로했다. 깊이
없는 돈 따위는 필요가 없으니 다른 사람에
게 팔아 버리면 된다고 다짐하면 즉각적인
실패 정도는 잊혔다. 이제 그녀는 자기 몫의

실패를 고상함으로 포장하는 일에 도가 텄다. 수완이 좋았던 고경에 반하고자 작품을 많이 팔길 바라면서도 오히려 그 반대로 판매에 관심이 없는 척하는 청개구리 짓이었다. 그 왜곡된 마음을 작가적 고집으로 둔갑한 덕에 그녀는 어느 순간부터 스스로를 돌아보는 일에 불능해졌다.

정작 손님의 가치를 모른 건 공후였다. 전시 첫날부터 고경은 준비한 작품 다수를 팔아치웠다. 공후가 쫓아낸 운동복 차림의 손님 덕이었다. 해당 손님은 작품을 세심하게 관찰하여 수집하길 좋아하는 젊은 사업가였고, 친절한 고경의 설명에 마음이 움직여 대량 구매했다.

이를 알게 된 후 공후는 고경의 부스로 찾아가 다짜고짜 자기 작품을 고경의 것 위에 덧씌우려는 기행을 벌였다.

"네가 내 손님을 훔쳤으니까 이제 네 부스에 내 그림도 걸어."

"무슨 짓을 하는 거야."

“빨리 걸어. 더 이상 나한테서 소중한 걸 뺏어 가지 마.”

“갈수록 추해지네. 요즘 사는 게 많이 힘 들어?”

“추해? 내가 추해? 도둑이 아니라 뺏긴 사람이 추해?”

“적당히 해. 참아 주는 것도 한계가 있어.”

“대체 내 자존심을 어디까지 짓밟아야 후련하겠어?”

“돈도 안 되는 네 자존심 밟아서 내가 어 디다가 쓰겠니.”

과거에 살지 않는 고경은 오직 현재만 감각할 수 있어서, 공후의 패악질을 도통 이 해하지 못했다. 그건 누가 봐도 당연한 일이 었다. 단지 공후만이 다 지난 순간을 계속 붙 잡고, 그리워하고, 미워하느라 이해받지 못 할 말을 했다. 파괴적인 행동을 일삼는 공후 를 고경은 도저히 읽고 싶지 않았다. 보고 싶 지도 않았다. 고경은 이제 공후의 짓거리에 질려 버렸다. 자신을 안쓰러워하기는커녕 일관되게 징그러워하는 고경의 냉랭한 반응이 공후를 더 미치게 만들었다.

고경은 멋대로 부스를 훼손한 공후를 봐주지 않았다. 기록할 필요가 없는 헛된 폭언을 반복하는 옛 인연의 손을 낚아챘다. 공후의 손안에 든, 팔리지 못한다면 알록달록한 쓰레기밖에 더 되지 않는 종잇장을 눈앞에서 찢었다. 두 여자의 싸움을 즐기던 구경꾼 중 하나가 공후의 찢긴 작품을 구매했다. 유희의 얼굴을 한 조롱이었으나 잔인하게도 그 조롱이 공후의 작품을 쓰레기가 될 위기에서 구원한 단 한 번의 판매였다.

7.

라면을 끓이던 태오는 현관문이 거칠게 열리는 소리만 들어도 예측할 수 있었다. 또 시작되겠거니, 하고. 궁금하지 않았지만 마지못해 고개를 내밀어 연유를 물었다. 어떤 말이 돌아올지는 이미 뻔했다.

"고경이 또 뒤통수를 쳤어."

"합동 전시는 잘 다녀왔어?"

"어떻게 나를 괴롭히는지 너무나 잘 알지. 개자식들."

"누나, 밥은 먹었고?"

"내가 밥 먹으려고 집에 온 줄 알아?"

태오가 알맞게 익은 라면이 든 냄비를 식탁 위에 올렸다. 늦은 점심을 먹으려던 참이었다. 당장에라도 한 젓가락을 먹고 싶었지만 눈치가 보여 침이 가득한 입을 다물었다.

"내 쪽에 먼저 온 손님을 빼돌려서는 간사하게 구슬려 작품을 팔았어. 그 여자가 부자라는 걸 미리 알았던 거야. 그깟 새 타령하는 작품이 뭐 그리 잘났다고.”

극도로 흥분한 공후는 주먹을 쥐고 허벅지를 강타했다. 떨림을 감추기 위한 행동이었다. 태오는 공후가 먹지 않은 오늘분의 철분제를 살폈다. 다른 약이 필요하단 걸 익히 알고 있었으나 병원에 다니라는 제안을 못하고 오랫동안 참기만 했다. 평범함에서 자꾸만 이탈하는 피붙이가 무섭기보다는 딱했다. 고경과 사이가 나빠진 이후로 불안정해진 공후를 태오는 함께 견뎌야만 했다.

다행히 상황을 무마할 방법이 있기는 했다.

“누나의 작품이 고경 누나의 작품보다 훨씬 더 뛰어나니까 걱정 마.”

이 말은 한시적이나마 공후를 진정시켰는데, 뒤따라오는 대화가 더 중요했다. 걘 나한테 계속 그림을 배워야 해. 응, 누나 말이 맞아. 걘 나한테서 붓을 쥐는 법도 다시 배워야 해. 응, 곧 연락이 올 거야. 뭔가를 기다리느라 광인이 되어 버린 상대를 정성 없이 타

이르면 날뛰던 공후는 흥분을 가라앉힌 맹수처럼 침착함을 되찾았다. 태오는 휴대폰에 저장해 둔 정신건강의학과의 연락처들을 보았다. 언젠가는 데리고 가 꼭 도움을 받아야지, 용기 없이 다짐만 반복하느라 눈앞의 형제에겐 차도가 보이질 않았다.

"조금 이따 바다 누나가 온대."

"걔는 또 왜."

"왜기는. 알면서."

바다는 공후, 고경과 친밀했던 학과 동기로 한때는 셋이서 삼인방을 이루었다. 그녀는 뒤돌아서면 잡음뿐인 예술가의 삶 대신 일찌감치 아버지의 사업을 물려받는 쪽으로 진로를 튼 케이스였다. 실력이 어정쩡하니 창작을 업으로 삼지 않겠다는, 자기 객관화와 동시에 사리 판별에 뛰어난 인물이었지만 날 때부터 가지고 태어난 메타 인지는 아니었나.

공후는 고경과 사이가 나빠진 후로 바다와도 온전치 못했다. 태오는 화제를 돌리기 위해 공후에게 그림 하나를 보였다.

“취미로 그렸다는데 피드백 받고 싶대. 학교 다닐 때 바다 누나한테는 잘 안 해 줬다면서?”

“지금 나보고 걔 그림을 감상하라고?”

“어려운 일 아니잖아.”

“내가 해야 되는 일도 아니야. 걔는 왜 포기했다던 그림을 깔짝거리는데? 이번에 고경이 부스에도 작품이 있고 추천사까지 적혀 있었어.”

태오는 공후의 냉대에도 그림을 거두지 않았다. 나이에 걸맞지 않게 지고지순한 태오에게도 오늘은 할 말이 있었다.

“그림을 빌미로 옛날처럼 잘 지내고 싶어 해.”

“옛날처럼? 웃기시네.”

“누나, 혹시 혼자 살고 싶다는 생각 안 해 봤어? 필요한 게 있다면 내가 도와줄게. 병원에 다니는 일이라든가.”

“갑자기 무슨 소리야.”

"우리 동거할까 봐. 가볍게 만나는 거 아니거든."

태오는 자신의 발언이 공후에게 어떤 의미로 가닿을지 모르지 않았다. 남동생이 사라진다면 불안과 발작적 들뜸만이 만실을 이룬 집에서 공후가 얼마나 피폐해질지는 안 봐도 뻔했다. 그럼에도 태오가 출가를 언급한 것은 도피가 아니었다. 오히려 가족으로서 누나에게 마땅히 주어야 하는, 눈을 뜨고 현실을 살아 달라는 회유적 압박이었다. 한때 다정했던 태오는 이제 울타리이자 버팀목이었던 피붙이를 짐으로 인식했다. 그 변질된 가족애라면 공후도 알아채고 있었다.

태오는 공후에게 남은 마지막 타인이었다. 이렇게 된 이상 공후는 태오마저 자신에게서 달아나려는 게 아니라 누군가에게 조종당하고 있다고 합리화하는 수밖에 없었다. 덜 비참해지는 일이 사실을 아는 일보다 중요했다. 가장 합리적인 방법은 모든 귀책을 남에게로 돌리는 것이니 동생의 출가 선언

너머, 그 행간에 숨은 암시를 창작했다. 예를 들자면 바다와 태오의 동거 계획은 고경이 공후의 정신력을 흔들기 위해 바다와 고안해 낸 계략이라는 것.

"참 이상하지. 바다가 왜 너를 만날까?"

"우린 서로 좋아하니까."

"네가 내 동생인 사실 말고 바다랑 잘 될 만한 이유가 없어. 넌 이용당하는 거야. 개들이 짜고 나를 집에서도, 작업실에서도 숨통 막히게 만들겠다는 계략이라고. 365일, 24시간 자기들 손아귀에 있다는 걸 암시하는 거야."

"남들이 누나한테 그런 짓을 왜 해."

"왜겠어? 내가 잘 그리니까! 개들보다 재능이 있으니까!"

"누나, 부탁이야. 사람들이 누나를 불편하게 느끼지 않게끔 누나도 노력을 해 줘."

지구상 모든 인간은, 어쩌면 태오조차도 공후보다 고경의 곁에 있을 때 더 편안할 것이다. 공후가 빈센트 반 고흐로 환생한 게 맞다면, 그녀는 그의 다친 영혼 중 어떤 부분도 회복하지 못한 채로 태어났다. 반복되는 피해의식에 분을 이기지 못한 공후는 신경질적으로 태오의 손에 들린 그림을 뺏어 들었다. 바다는 그림에 재능이 없었다. 해석에 재능이 있지도 않았다. 포장에도 재능이 없으니 예술가가 될 자질이 전무했다. 그런 바다가 공후의 남동생을 좋아했다. 예전의 공후는 이 관계를 친구와 동생의 마음이 통한 신기한 사건으로만 해석했는데, 이제는 특수한 목적이 있는 계략으로 재해석했다. 바다도, 태오도 그리고 고경마저. 이제 공후는 모든 이가 벼랑 끝에서 자신을 밀어 버릴 준비만 한다는 생각에 사로잡혔다.

한때 공후는 남 앞에 서는 일조차 부끄러워했던 작은 여자였다. 긴 시간이 흘러 현재에는 울분을 감추지 못할 정도로 괄괄한 여자로 변해 버렸다. 그 변화가 못마땅한 건 누구보다도 공후 자신이었다. 돌이키기엔 늦었다. 늦었을 것이다. 둘의 차이를 분간하지 못한 채 공후는 되뇌었다. 우리 사이엔 아무런 일이 없다. 이 모든 것은 내가 선택한 결과고, 그래서 비참하지 않다. 그런 생각들은 공후가 오히려 현실을 얼마나 비참하게 느끼는지를 드러냈다. 왜 자신은 사람이 넘치도록 많은 서울에서 고독할 수밖에 없나. 프랑스에 살아도, 한국에 살아도 숙명적 고립을 피하지 못한 공후는 신을 저주했다. 곁에 두고 부대낄 자학이었고 그 감정만이 공후의 오랜 가족이 되어 줬다.

그녀는 바다의 그림을 구겨 태오가 끓인 라면 국물에 담가 버렸다.

"나한테 남은 건 이제 그림뿐이니까 이걸로 장난질하지 마."

공후는 하루빨리 고경이 착취한 명예를 되찾길 바랐다. 그래야만 전생의 고흐가 풀지 못한 예술가의 한을 껍질이나마 벗을 수 있었다. 이를 바득바득 갈며 돌아섰다. 분노하고 또 분노하면 공후는 편해졌다. 불편한 돌로 냄새나는 진심을 짓누른 후에야 그녀는

숨을 좀 쉴 수 있었다. 전하지 못한 말들이
그녀 안에서 벌벌 떨었다.

　태오는 바다의 그림을 조심스레 건져 냈
다. 국물 기름으로 범벅된 종이를 마른행주
로 힘겹게 닦았다. 끼니를 때우기 위해 끓인
라면 냄새가 연인이 건네준 작품에서 진동
했다.

O.

김진유 당신이 고흐로 환생했다고 칩시다. 하지만 피해자가 고갱으로 환생했다는 건 왜지요? 이름의 어감이 비슷하다거나 라이벌이라는 이유만으로 타인의 전생까지 창작했다면 좀 과하네요.

반공후 아뇨, 확실해요. 증권 중개인이었던 고갱은 프랑스 경제 상황이 나빠지면서 그림을 그리기 시작했고, 내가 먼저 아틀리에에서 같이 지내보자 제안했어요. 고갱처럼 고경도 원래는 창작에 큰 열정이 없었어요. 실기 전형이 사라진 덕에 성적 맞춰 입학한 예체능 학부생일 뿐이었죠. 그런 고경을 도운 게 납니다. 화풍이 비슷하기에 친해질 수 있었거든요. 자취하겠다는 걸 기숙사에서 살자고 권한 것도 나고요. 고경이 선배들에게 도움을 많이 받게끔요.

김진유 전생의 고흐와 고갱처럼 원래는 친했다?

반공후 없이 지내던 시절에는 같이 작품을
그려 플리 마켓에서 팔기도 했지요. 그때 태
오가 용품을 마련하라고 알바비도 보태 줬
고요. 정산은 고경이 도맡았어요. 전생에 테
오가 준 생활비를 고갱이 다 관리했던 것처
럼요.

김진유 그러다 점점 가치관 차이로 다퉜고?

반공후 전생이든 현생이든 내가 먼저 돌아선
적은 없습니다. 과천으로 떠났을 때도 메시
지를 많이 남겼다고요.

김진유 대부분이 폭언이었죠.

반공후 그게 무슨 폭언입니까? 조언이지.

　　(범죄행동분석관이 용의자에게 메시지
기록을 인쇄한 문서 사본을 건넨다. 해당 문
서에는 용의자가 피해자에게 일방적으로 보
낸 조롱이 가득하다. 피해자는 메시지에 한
차례도 대답하지 않다가 낸 마지막에만 '그래'
라고 회신했다. 용의자, 문서 첫 장은 예의 주
시해 읽으나 뒷장부터는 신경질적으로 넘기

기만 하더니 이내 던진다.)

김진유　당신은 작품을 단 한 점도 판매해 본 적이 없습니다. 맞지요?

반공후　하나는 팔았어요!

김진유　반면에 고경 씨는…….

반공후　사실만 말하지 자존심 긁는 소리는 왜 해요?

김진유　사실만 나열하죠. 재학 시절부터 충돌이 잦았던 관계는 끝까지 회복되지 않았습니다. 당신은 남동생 반태오 씨의 등록금을 마련하기 위해 원치 않던 상업디자인 회사 산학 인턴까지 시작했으나 사회성 부족을 이유로 실직했습니다. 그 자리는 고경 씨가 꿰찼고요.

반공후　짜증 나네, 진짜.

김진유　몇 년 후에는 합동 전시에서 거물급 손님까지 뺏기자 피해의식이 강해졌습니다.

반공후　피해의식이 아니고 사실인데요.

김진유　제가 해당 손님을 조사했을 때 그러

더군요. 반공후 씨의 부스에서 모욕적 언사를 들은 탓에 즉시 나왔대요. 반면 고경 씨는 매우 친절히 응대했다고 합니다. 피해자가 손님을 뺏은 게 아니라 당신이 쫓아냈습니다.

반공후 죽은 사람이라서 감싸 주시네요. 나도 이 자리에서 혀 깨물고 죽으면 그래도 사람은 착했다고 말해 줄 거죠?

김진유 제 말 아직 안 끝났습니다.

반공후 헛소리도 계속 들으니 지쳐요.

김진유 당신이 고경 씨를 죽인 이유는 명확합니다. 사적인 감정에 기반한 보복입니다. 고흐로 환생했다는 주장은 망상으로 심신미약을 인정받고자 하는 연기죠. 당신이 저지른 범죄와는 무관하다는 게 저의 결론입니다.

반공후 아니요. 당신은 아직 듣지 못했어요.

김진유 또 뭐가 남았는데요.

반공후 제일 중요한 거요. 고갱이 전생에 어떻게 날 주였고 얼마나 낳은 걸 앗아 갔는지 모르잖아요.

-1.

1890년, 오베르쉬르우아즈의 여름.

〈까마귀가 나는 밀밭〉을 완성한 고흐는 테오의 편지를 확인했다. 잉크가 마른 활자를 검지 끝으로 훑을 때마다 거친 종이 특유의 나무 향이 났다. 생계를 걱정하는 다정하고 갸륵한 위로를 감각하며 고흐는 편지에 얼굴을 박았다. 친애가 콧속에 들어차 그를 안심시켰다. 테오의 편지는 과거에 전시한 〈아를의 붉은 포도밭〉이 큰 관심을 받고 있다는 소식으로 마무리됐다.

고흐는 답신을 쓰고자 만년필의 펜촉을 세심히 돌렸다. 전할 내용은, 얼마 전 가셰 박사에게 〈데이지와 양귀비가 있는 꽃병〉 정물화를 맡겨 두었으니 당장의 돈 걱정은 하지 말라는 이야기였다. 진료비와 약값을 대신해 그림을 내어놓은 셈이었으나, 고흐는 이상하리만치 들떠 있었다. 스스로 그림 판매에 성공하여 제구실을 하는 화가로 자립했다는 자부심을 느꼈다.

당시 가셰는 고갱의 그림을 구매할지 고호의 그림을 구매할지 고민했는데, 고호의 열성적인 설명을 듣고 고호에게 구매 의사를 내비쳤다. 고호는 고갱이 하던 일을 똑같이 흉내 내 보니 자신도 그림을 팔게 됐다며, 동일한 조건으로 경쟁할 시 예상대로 자기 작품이 한 수 위에 있다고 흡족해했다. 힘을 얻은 고호는 〈가셰 박사의 초상〉을 그리겠노라 다짐했다. 가셰는 고갱과의 술자리에서 실수로 이 말을 전했고, 고갱은 뒤늦게 격분했다.

답장을 마무리한 뒤 고호는 자투리 돈으로 포도주 한 병을 구매했다. 스스로에게도 보상을 주고 싶은 탓이었다. 반병을 마시니 취기가 올랐다. 편지를 쓸 때의 자신감이 알코올을 따라 빠르게 휘발되었다. 근력이 약한 조증은 잠들고 지구력이 좋은 울증이 고개를 들었다. 그 불청객은 힘마저 좋아 정신의 문을 몇 번이나 두들겼다. 물과 소금으로 쫓아도 네 발로 다시 기어 와 고호를 흔들었다. 한평생 그림을 그렸음에도 이제 겨우 한 점 팔았다는 자괴감이 마지못해 열어 둔 문 너머로 정수리를 들이밀었다. 그 불청객을 더 이상 쫓지 못함을 알아버린 고흐는 문을 열고 그 감정을 끌어안았다. 쌍두사처럼 둘의 몸은 머리만 분리된 채로 하나가 됐다.

행운이든 불운이든 반복되면 더 이상 운이 아니라 생이다. 발 디딘 땅의 불안이 취기를 따라 삽시간에 잘린 귀의 상흔에까지 퍼졌다. 타인과 유대를 쌓지 못한 고흐의 삶이 아름답지 못하게 으스러졌다. 그 형체는 마치 평생 먹이를 찾지 못한 야수의 것. 그가 만든 괴이한 존재가 인정과 명예를 향한 허기를 침처럼 줄줄 흘리며 고흐의 머리를 물어뜯었다. 고흐는 두 눈을 말짱히 뜨고 있음에도 턱을 타고 뇌수가 흐르는 듯한 감촉에 삼켜졌다.

여태껏 늘 불행했으니 인생은 이미 글러먹었고, 가셰에게 그림을 판 단발적 성과 역시 삶을 희롱하려는 신의 장난질. 그렇게 생각하니 참을 수가 없었다. 그림을 팔았다는 성과조차 그저 상대적으로 작은 불행으로밖에 느껴지지 않았다. 앞으로도 테오에게 자랑스러운 형으로 살지 못하리라는 자책이 이어졌다. 회한은 언제나 단독으로 존재할 때보다 기쁨 뒤에 나타날 때 더 잔인했다.

포도주의 묵직한 향과 농후한 감정이 뒤엉킨 작업실에서 고흐는 캐비닛을 열었다. 일전에 지누 부인에게서 구매한 리볼버 한 자루가 있었다.

그는 집을 나섰다. 현실을 견딜 수 없어 도망쳤다는 말이 더 적합하겠다. 〈까마귀가 나는 밀밭〉을 그리기 위해 오래도록 머물렀던 밀밭을 다시 찾았다. 근처에서 수렵꾼이 새를 사냥하는지 발포 소리가 반복됐다. 고흐는 위협적인 소음에 약간의 긴장감을 느꼈다. 몸을 둥글게 말아 금색 밀밭 속에 누런 자신을 숨겼나. 작품 속으로 도피하는 건 제법 낭만적인 일이었다. 색 빠진 머리칼이 늙은 풀들을 따라 넘실댔다.

탕.

그때 어떤 총알이 고흐의 시간 축을 깨
부쉈다.

○.

김진유 그게 자살이 아니라 고갱이 매수한 수렵꾼의 총살이란 겁니까?

반공후 목숨을 끊으려 했다면 상식적으로 총을 머리에 겨누겠지요? 그런데 고흐는 복부에 총상을 입었어요. 이상하지 않습니까?

김진유 고갱이 수렵꾼을 매수했다는 증거는요?

반공후 아틀리에에서 지낼 때 고갱은 취미로 사냥을 즐겼습니다. 수렵꾼 라파드가 고갱에게 사냥법을 가르쳐 줬어요. 난 그 라파드란 놈을 아주 싫어했습니다. 짐승 죽이는 손으로 붓을 잡는 악마 새끼랑은 친하게 지내지 말라고 라파드가 보는 앞에서 질타하기도 했죠. 근데 오히려 더 붙어먹더라고요. 수렵 덕에 라파드가 돈이 많았거든요. 그런 라파드를 통해서 고갱이 다른 수렵꾼들과 연락하는 일쯤은 어렵지도 않았을 거예요.

김진유 백 년도 더 된 일이라 증명이 불가한

데…….

반공후 총기에 대한 기록이 남아 있어요. 자결이라면 총기를 감출 필요가 없는데 그 리볼버는 오랜 시간이 지난 후에야 발견됐어요. 반면 탄피는 발견되지 않았고요. 고의적으로 증거물이 은닉됐다는 뜻이 아니면 뭐겠어요?

김진유 고갱이 고흐를 죽일 이유가 없습니다.

반공후 고갱은 가셰에게 말을 전해 듣고 격분했어요. 원래부터 고흐가 좀 어수룩하고 이상한 놈이라는 이유로 무시했으니까요. 그런 상대가 치고 올라가길 바라지 않았던 거죠. 가셰는 나에게 추가로 그림을 구매하고 싶다는 편지를 보냈지만 죽은 나에게선 회신을 받을 수 없었기 때문에, 어쩔 수 없이 고갱의 작품을 구매했습니다. 고갱의 부에 나의 죽음이 큰 도움을 줬죠! 만약 내가 살아만 있었다면 평생 작품을 한 점만 팔았다는 오명 따위는 없었을 겁니다.

김진유 그걸 현생에서 밝혀 전생의 한을 푸

는 게 당신의 바람이고요?

반공후 이제야 좀 알겠습니까? 내가 망상하는 게 아니라는 것을.

8.

바다는 의도가 투명한 디저트 꾸러미를 들고 공후의 집을 찾았다. 스물여덟의 여자와 스물여섯의 남자는 사랑에 눈이 멀어 버린 척 한집에다 속옷을 모아 두고 살아도 이상하지 않았다. 그 선택에 굳이 공후의 허가는 필요 없었다. 그럼에도 바다는 무용한 허가를 바라며 티가 날 정도로 저자세를 취했다. 공후가 반대한 이후로 바다는 더욱더 태오의 곁을 주장했는데, 태오가 아닌 다른 어떤 것을 목표로 삼는 듯 보였다. 정복을 위해 적군의 허리가 아닌 군기軍旗부터 분지르는 장군처럼.

바다는 공후가 냉대를 하거나 말거나 태연한 척 신발장 문을 열었다. 그 뒤를 태오가 쫄래쫄래 쫓아갔다.

"너 이 신발 보관하고 있었네?"

"무슨 신발?"

"내가 공후랑 에버랜드 갔던 날에 서프

라이즈로 사 줬던 거야.”

“누나, 이거 사연 있는 신발이었어?”

적당히 때가 탄 하얀 운동화였다. 투박한 솜씨였지만 비닐 커버까지 씌워진 것으로 보아 소중히 보관 중이었다. 바다는 비닐을 벗겨 태오에게 신발을 보였다. 오래도록 땅을 밟지 못했는지 밑창에까지 원색이 보존되어 있었다. 눈치 없는 태오가 굳이 신발을 높이 들었다.

“깨끗한데 왜 안 신어?”

공후는 거실에 앉아 바다가 가져온 그림을 보는 중이었다. 지난 대화에서 태오를 몰아붙인 일이 미안하여 못 이긴 척 간단히라도 평가를 해 주려던 참이었다. 운동화가 현관 조명등을 받아 윤이 나는 광경을 보자 공후는 치명적인 비밀을 들킨 아이처럼 허둥거리느라 하려던 말을 모두 잊었다.

짧은 동선이었다. 공후는 단숨에 태오에게서 신발을 뺏어 들어 도둑을 내쫓듯 현관문 밖으로 아예 던져 버렸다.

“짜증 나는 일 들추지 마.”

당황한 태오가 굳어 버리자 심상치 않은 기류를 읽은 바다가 그의 어깨 너머에서 공후와 시선을 맞추었다. 과잉된 행동의 연유를 전혀 모르겠다는 표정이 공후의 성질을 긁었다.

“갑자기 왜 화를 내?”

“기분 엿같이 만들려는 게 네 목적이었다면 달성했으니까 행복하게 꺼져, 그냥.”

“너 왜 이렇게 변했니.”

“너야말로 어렸을 때 무시 좀 당했다고 언제까지 이런 식으로 사람을 약 올릴 건데.”

“무섭게 그러지 마.”

“무섭게 그러지 마? 너같이 작은 일을 평생 기억하며 사는 년들이 제일 무서워.”

“너는 그럼 거울도 못 보겠다.”

“한판 해 보자는 거야? 동거고 나발이고 유치한 소리 말고 내 집에서 나가. 그리고 네가 그렇게 믿는 옹고경이 네 그림을 부스 구석탱이에 전시했던 거 보면 몰라? 넌 재능이 없어.”

공후는 바다의 그림을 아예 찢어 버리고는 주인의 가슴팍으로 성의 없이 던졌다. 그림은 작품에서 재활용이 불가한 폐지로 격하되어 주인의 품에서 추락했다. 태오가 바닥에 나뒹구는 종잇조각을 서둘러 주워 들고 바다를 걱정스레 올려다보았다. 이미 바다의 온 얼굴은 축축이 젖어 있었고, 바다는 가타부타 더 말을 보태지 않고 집을 뛰쳐나갔다.

남겨진 태오가 패악질을 더 인내하리란 건 그릇된 기대였다.

“보자 보자 하니까 너무한 거 아니야?”

“누가 할 소리. 너 고작 스물여섯 먹고 동거한다는 것도 웃긴데 내 친구랑, 그것도 하필 재랑 한다고? 나 혼자 어떻게 먹고살라고? 네가 나가 살면 쟤가 월세 보태 준대?”

“돈 때문에 그러는 거라면 걱정 마. 나가 살아도 원래 내딘 만큼 월세 보탤 테니까.”

“집어치워. 왜 굳이 내가 싫다는 사람이랑 만나는 건데.”

“누나가 졸업한 후에 고경 누나를 그렇
게까지 원망했을 때도 바다 누나가 챙겨 준
건 기억 못 해?”

“재가 언제 챙겨 줬어? 늘 확인했지. 내
가 잘 사는지 못 사는지.”

“피해망상이야.”

“너는 그냥 재한테 이용당하는 거야. 나
괴롭히려고.”

“대체 왜 그렇게까지 말을 해.”

“네가 좋아하니까 더 개같잖아. 잘 알지
도 못하면서.”

태오도 대화를 잇기가 싫었다. 공후는
둘의 관계가 바다의 음습한 악의에 의해 가
공됐다 주장했지만, 태오의 입장에선 억측이
었다. 고경과 사이가 틀어진 후에도 종종 먹
을 것을 챙겨 방문하던 사람은 분명 바다였
다. 알지 못할 원한으로 공후는 바다가 가져
온 음식들을 태오조차 먹지 못하게 막으며
냉장고 구석에다 일부러 방치했고, 심지어는
음식물 쓰레기통에 처박기까지 했다. 태오가

보기에 둘 관계에서 악역은 공후였다. 받기만 하는 입장임에도 은혜를 모르는 배은망덕한 인간을 가족으로 대우하며 때때로 태오는 우아하지 못한 처지로 인한 굴욕감을 느꼈다. 그는 집 앞 벤치에 앉아 한참을 슬퍼하는 바다에게 언제나 대신 사과를 전하고는 했다. 형편이 월등히 좋은 사람을 도리어 측은히 여기는 데서 비롯된 관계에는, 말로 설명하기 어려운 미묘한 감정적 낙차가 있었다. 그 낙차는 제법 매력적이라 태오로 하여금 바다를 계속 신경 쓰게 붙들었다. 처음에 그 마음은 어색한 거리감 뒤에 숨어 있었지만, 시간을 견디며 서서히 성질을 바꾸었고 마침내 애정이 됐다. 태오는 바다와 그렇게 교제를 시작했다.

둘은 끈끈한 남매였다. 분명 공후가 대학에 진학하기 전까지는 그랬다. 둘 사이에 붓과 물감 대신 타인들이 끼어들면서 둘은 서로 다른 세계를 창조하기 시작했고 관계의 전경 또한 달라졌다. 태오는 어린 시절 누나가 그렸던 햇살이 찬란한 그림을 그리워했다. 르누아르의 〈모자를 쓴 소녀〉를 보고선 영롱해지는 마음을 참지 못하고 치열히 그림으로 기록하던 어린 날의 공후는 태오에게 자랑스러운 형제였다. 그러나 공후가 스스로를 환생한 고흐라 믿기 시작한, 그 억지가 시작된 날 이후로는 태오에게 더 이상 반짝이는 화가가 못 되었다. 그녀는 어느 순간부터 빛이 아닌 어둠을 좇았다. 아들을 잡아먹던 사투르누스도 그녀의 어둠을 본다면 고개를 떨궜으리라.

태오는 사랑을 모욕당하는 와중에도 주먹만 쥘 뿐 제대로 항변하지 못했다. 공후는 제 입으로 밝히기엔 자존심이 상하는 말들을 그저 외면했다. 동생에게만큼은 버림받고 싶지 않다는 그녀의 초라한 소망이기도 했다. 한편 자신만큼이나 세상 물정에 어두워 사랑을 좇겠다는 외침이나 내뱉는 바보 같은 동생을 보노라면 그 무지한 순수가 남매의 표식처럼 여겨져 어쩔 수 없이 측은해졌다.

공후는 현관문을 열어 고개만 내밀었다. 던져진 신발이 있었다. 동생을 생각해서라도 과거에 매몰되지 않으리라 다짐했다. 그 의지는 신발을 제대로 버리는 일에서부터 시작돼야만 했다.

8.

수년 전 공후의 생일이었다.

새내기라는 호시절은 지났고, 휴학을 여러 번 한 탓에 사회인 소리를 듣기에는 갈 길이 구만리였다. 이런저런 핑계를 대며 미숙한 일을 저질러도 용서받을 시기였지만, 스스로의 청춘을 높이 사기에는 마음이 조급했던 공후는 생일에나 아르바이트를 쉬었다. 한 번도 놀이동산에 가 본 적이 없다던 공후의 사연을 들은 고경과 바다가 티켓값을 대신 지불했다. 그날 공후는 오염에 강하다는 이유로 늘 까만 운동화만 신었던 발을 처음으로 순백색의 운동화 안에 담아 보았다. 일전에 공후가 마음에 든다는 티를 냈던 신발이었다.

"우리랑 친구 하길 잘했지?"

고경이 마른 팔을 둘러 공후의 작은 몸을 감쌌다. 공후는 쑥스러워하면서도 분명하게 고개를 끄덕였다. 그 곁에 선 바다의 얼굴에는 왠지 모를 뾰로통함이 있었다.

"고경이가 꼭 사 주자고 했어. 무조건 좋아할 거라면서."

"우리 셋 다 사이즈가 비슷해서 다행이야. 혹시라도 안 맞아서 서프라이즈 실패할까 봐 조마조마했어."

"공후야. 너도 내 생일 꼭 챙겨 줘야 해. 알겠지?"

"돈도 많은 애가 욕심내긴."

"그래야 공평하지. 얼른 약속해."

바다의 새끼손가락이 장난스레 팔랑거렸다. 아웅다웅하며 형평과 공평을 논하는 둘을 번갈아 보며 공후는 신발 끈을 묶었다. 하얀 것이라곤 늘 종이뿐이었는데 처음으로 그림을 그리지 않아도 되는 하양이었다. 조금만 걸어도 쉽게 더러워질 정성이 조마조마해 보여 공후는 한참을 쓰다듬었다. 행여 때가 타면 어찌나 싶은 석정조차도 태어나 처음 느껴 보는 낯선 만족에 압도되었다.

공후는 태오가 아닌 다른 누군가가 곁에

서 함께 걸어 주는 미래를 상상했다. 우정 안에 소속되는 일은 황홀했다. 오른쪽에 바다가, 왼쪽에 고경이 있으면 돈을 많이 벌지 못해도 행복이란 녀석이 아이처럼 옷깃을 잡고 쫄래쫄래 따라와 주리란 예감이 들었다. 이 신발을 신을 날이 많았으면 좋겠다. 둘의 뒷모습을 볼 때면 공후는 형편이 어려운 중에도 대학 진학을 선택한 일이 전혀 후회되지 않았다. 처지가 곤궁한 사람일수록 현실을 잊는 대가가 크다는 걸 알면서도, 그 무게를 내려놓는 일이 싫지 않았다.

셋은 구슬 아이스크림을 나눠 먹으며 어트랙션을 향해 걸었다.

"공후야. 사파리 투어는 결제를 따로 해야 한대."

"사자 보고 싶었는데……."

"사자가 보고 싶어?"

공후의 반응에 바다가 망설임 없이 입장권을 추가 결제했다. 공후와 달리 씀씀이가 좋았던 바다는 호의를 베풀었다는 것을 강조

하고 싶어 했으나 고경은 공후가 응당 받아
야 하는 것을 받고 있을 뿐이라며 바다의 생
색을 저지했다. 덕분에 공후는 주눅들지 않
은 채로 호사를 누렸다. 고경의 손을 잡고서
동물을 보고, 풀을 보고, 땅을 보았다. 맹수
의 생니가 그저 장식품처럼 빛나는 인공 정
글에는 평화만 가득하여 어떤 구도로 포착해
도 좋은 마음만 넘실댔다.

셋은 놀이동산의 시그니처라는 목재 청
룡열차 입구에 다다랐다. 공후가 가장 먼저
달려가 줄을 섰다. 60분 이상 기다려야 한다
는 팻말이 야속했지만, 그마저도 기쁘게 소
화가 가능했다. 수많은 사람과 일렬로 감금
돼 함께일 수밖에 없는 순간을 60분간 인내
해야 함이 고문보다는 휴식처럼 느껴졌다.
60분이 30분으로 반감되고, 30분이 다시 15
분으로 쪼개지는 동안 공후는 셋이서 한 덩
어리로 뭉쳐진 시간에 섭착제라도 발라 아주
풀어지지 않게 단단해지고만 싶었다.

기쁨이 깨어진 건 고경에게 온 한 통의

전화 때문이었다.

"박 교수님인데 급히 통화할 용건이 있으시대. 여긴 많이 시끄럽네."

공후가 달게 웃으며 휴대폰을 쥔 고경의 손을 재킷 주머니에 넣으려 했다.

"조금 이따가 통화해. 한 번 타는 데 3분도 안 걸려."

그 손을 다시 꺼낸 건 바다였다.

"박 교수님 전화라면 받아야지. 개인전 때문에 전화하신 거 아니야? 기구라면 나중에라도 탈 수 있어."

"이거 타려고 55분이나 기다렸는데?"

"교수님 성질 타이트하신 거 알지? 눈 밖에 날 일은 안 하는 게 좋아."

바다가 고경에게 은밀한 신호를 보내듯이 코를 찡긋거렸다. 고경은 공후의 바람대로 통화를 끊으려다 생각이 바뀌었는지 손을 거두었다. 공후는 자신이 모르는 맥락이 둘 사이에 오고감을 눈치챘지만, 앞으로 이동하라는 뒷사람들의 원성에 다리를 계속 움직였다.

"공후야, 나는 사실 티익스프레스 많이 타 봤거든? 별로 좋아하진 않으니까 밖에서 기다릴게."

"급한 일 아닐 텐데 그냥 타."

"개인전도 곧이고 해서."

"개인전 관련이면 더더욱 급한 일이 뭐가 있어. 작품만 잘 걸면 그만인데."

고경은 거듭 휴대폰을 살폈다. 통화가 끊어질까 봐 안달복달하는 표정이었다. 교수를 기다리게 하고 싶지 않아 하는 모습이 평소와는 달랐다. 바다까지 얼른 나가서 전화를 받으라 독촉했고, 공후는 그렇다면 여기서 받으라는 말로 받아쳤다. 줄 밖을 거듭 보는 고경의 불안이 공후 또한 불안하게 만들었다.

곧이어 고경은 공후가 평생 잊지 못할 얼굴로 몸을 틀었나.

"너는 뭘 몰라서 그래."

고경은 끝내 미안하다는 말을 두어 번

반복한 뒤 줄을 이탈했다. 뒤쪽 사람들은 공후와 바다를 계속해서 앞으로 밀었다. 영문을 모른 채로 고경을 떠나보낸 공후는 마지못해 바다의 곁에 섰다. 그러나 바다마저 화장실에 가겠다는 핑계를 대고선 줄을 이탈했다. 잠깐 사이에 벌어진 일이었다. 공후가 당혹감에 뒤를 돌아봤을 때 둘은 이미 반대 방향으로 나란히 달아나는 중이었다.

5분만 더 기다리면 탑승이 가능한, 기나긴 줄의 머리까지 도달했을 때 공후는 혼자였다. 55분 동안 느꼈던 행복은 잘게 찢긴 종이처럼 그 형체를 상실했다. 너무 잘게 분쇄했더니 실망의 알갱이만 남아 공후는 한참 기다린 놀이기구를 타면서도 즐겁지가 않았다. 사방에서 사람들이 즐거운 비명을 지르는 3분이 여느 때보다도 길어 입 밖으로 작위적인 비명 한 번 내보내지 못했다. 삼삼오오 짝을 이룬 사람들 속 혼자 남겨진 자신이 부끄럽기도 했다.

허탈하게 기구에서 하차한 공후는 즉시

화장실로 향했다. 다 같이 탈 수 있다면 60분을 다시 기다려도 괜찮았다. 부디 조급해했던 일이 잘 해결됐기만을 바랐다. 하지만 화장실의 입구에서 들린 고경과 바다의 말소리에 공후는 서운하지 않은 척 둘의 이름을 부르려다 그대로 굳어 버렸다.

"쟤도 데려가자는 말은 제발 하지 마."

"머리 아프다고 핑계 대자. 공후라면 술자리 별로 안 좋아할 테니까."

"너 진짜 유명해지면 내가 도와준 거 잊으면 안 돼."

공후는 입구 벽에 기대 숨을 멈췄다. 엿들으려 애를 쓰지 않아도 자신이 부재한 자리에서 소모되는 제 이름은 몹시 크게 들렸다. 물소리와 건조기의 시끄러운 소음 속에서도 둘의 목소리는 생명력이 강해 귓가를 허투루 스치질 않았다.

"그럼 재미없다더니."

"재미는 없는데 오기는 있으니까. 생각해 보면 내가 굳이 단념해야 할 이유가 없잖

아. 네가 아웃풋이 좋으니까 나중에 날 도울 수 있도록 길을 잘 닦아 줘. 그러라고 아빠 통해서 교수님한테 네 얘기를 잘 해 놓은 거니까.”

“무슨 우리끼리 그림 그리고 전시하는데 비즈니스처럼 굴어?”

“이게 내가 잘되는 최고로 효율적인 방법이야.”

“나야 고마운데, 공후가 서운해할까 봐.”

“네가 생일 챙기자고 안 했으면 나는 쟤 생일 안 챙겼어. 돈도 없으면서 창작하겠답시고 설치는 애들은 자아가 왜 그렇게 비대한지 몰라. 솔직히 그림도 존나 구린데. 너처럼 영악한 면이 있는 것도 아니고. 나는 쟤가 싫어. 뭘 서운해하든 상관없어.”

공후는 시계를 보았다. 놀이공원에 입장한 지 2시간 남짓밖에 지나지 않았고, 생일은 반나절도 더 남았다. 눈두덩이가 익힌 군밤처럼 뜨끈해졌다. 예상하지 못했던 악의라 영리하게 대응하질 못해 분노조차 인지되지 않았다. 뒤늦게 공후는 자신이 무엇을 놓치며 살았는지 회고해야만 했다. 중요하지 않은 기억들로 분류된 장면들까지 샅샅이 뒤졌다.

합평 시간에 공후는 고경의 작품은 칭찬했지만 바다의 작품은 주로 비판했다. 어쩔 수가 없는 것이, 바다의 작품은 하나같이 깊이가 없었다. 딱히 눈에 띄지도 않아 최소한의 언급도 없이 넘어갈 때가 많았다. 바다의 손마디가 자주 하얘졌지만 창작에 몰입했던 공후는 그 상황마저도 예술적 통찰력을 표현할 기회로 이용했다. 공후는 바다의 작품이 어째서 좋지 않은지 밝히는 데 최적화된 논거를 찾기보다야 기를 쓰고 그림을 그리던 고경의 작품이 어째서 사랑스러운지를 밝히는 일에 공을 들였다. 미흡한 작품에 입을 다무는 태도는 무성의로 보일 수 있으나, 그때로시는 가장 덜 신랄한 선택이었다. 한평생 그림만 생각하며 살아온 공후에게는 그림 뒤 붓을 쥔 사람이 잘 보이지 않았다. 노력이 창작의 원동력이라면 그 노력한 티가 나는 작품만을 대우하는 일이 창작을 존중하는 유일한 방법이라고 믿어 의심치 않았다.

그녀에게 그림은 그런 것이었다. 서로 간의 관계에서 오는 불필요한 요소들에서 탈피하여 오직 작품 자체만으로 승부를 보고, 또 평가를 받는 세계. 이름이 무엇이든, 무엇을 소유한 사람이든, 결과물로만 절대적 가치를 논하여 우열을 가리는 세계. 공후에게는 창작이야말로 공정을 약속하는 유일한 영역이었고, 그랬기에 풍족하지 못한 삶에서도 그녀는 창작을 사랑했다. 예술은 참으로 공정하여 유복한 자에게도 정신적인 고통을 주었고, 공후는 바다가 겪어야 할 그 박탈감이 가엾지 않았다. 그랬기 때문에 타인에게 엄혹한 비평을 내리는 중에도 오히려 자유로움과 즐거움을 느꼈다. 그녀에게 미술은 현실과 유리될 수 있는 도피처이자 낙원이었다. 그 미학적 고집은 공후가 저지른 가장 큰 실수가 됐다.

미움의 속성은 질감이다. 잘 만든 도화지보다 쫀쫀했다. 사소한 실수가 태산이 돼 영겁 같은 세월 속에서도 끝끝내 살아남았다. 그 어떤 창작도 관계에서 탈피한 것은 없었으니 서로 간의 관계만큼이나 작품을 강하게 구속하는 족쇄는 없었다. 공후는 본인이 던졌던 비판들이 인연을 끊는 칼날로서 되돌아오는 일에 필연적인 아픔과 피하지 못할 무력을 느꼈다. 공후가 마음껏 누렸던 예술적 우월감이 역전된 세계, 곧 현실은 상상 이상으로 컸다. 공후의 우주가 고작 작업실 하나를 채울 만큼 협소했다면, 공후에게 등을 돌릴 세상이란 자그마한 화장실을 초월하여 놀이공원을 빼곡히 채우고, 공후의 철옹성 같은 자존自尊의 문까지 부술 만큼 컸다. 바다의 입김을 타고 그 미움은 어디까지든 날아갈 수 있었다.

공후는 밍실었다. 지금이라도 들어가서 미안했다고 말을 할까. 아직 어린 날이라 별거 아닌 일로 치부해 버리면 웃고 털어 버릴 수 있을지도 몰랐다. 미성숙하여 본의 아니게 상처를 줬노라. 간단한 임기응변이었으나 공후는 그런 순간에까지 내성적인 스스로를 극복하지 못했다.

운명은 쑥스러움이 많은 사람에게 결코 관대하질 않았다.

"걔가 널 일방적으로 좋아한다는 건 아는데, 우리는 너무 오래 참아 주고 있어. 걔 예술병."

이윽고 고경의 목소리가 쐐기를 박았다.

"그러게."

바다의 구질구질한 미움보다 고경의 담백한 세 글자가 더 아팠다. 공후는 하는 수 없이 선택해야만 했다. 롤러코스터가 생각보다 어지러웠던 탓에 속이 좋지 않으니 먼저 집으로 가겠다는 변명이 적당했다. 선물받은 운동화는 가벼웠다. 조용히 떠나라는 의미에서 줬다면 알맞은 선물이었다.

놀이동산 입구의 나무 기둥 뒤에 숨어서야 공후는 본인이 울고 있다는 걸 자각했다.

신발을 벗고 싶었으나 집으로 가는 외로운 길 내내 신발 없이 갈 수는 없었다. 혼자가 되고 싶지 않아 당분간은 마음이 까만 친구를 억지로 곁에 두어야 하는 자신처럼.

그때부터 공후는 바다를 성심성의껏 무시했다. 허심탄회하게 속내를 털어놓지 못하는 비겁자들의 싸움은 얇고도 길었다. 대단한 적은 언제나 평범한 일로 탄생했다. 고경이 이득을 취하고자 바다의 편을 들어줄 때마다 공후는 고경을 향한 미움 또한 1평씩 적립했다. 그 초라한 평방이 확장돼 집이 되고, 공원이 되고, 하늘이 될 때까지 고경은 바다만을 감쌌다. 공후는 언젠가부터 달라진 상대에게 서운함을 토로했으나 고경은 다디단 위로 끝에 쓴 행동으로 그녀를 착실히 거절했다.

O.

반공후 전생의 나는 총을 맞은 후 이틀 뒤에 죽었습니다. 사인이 총살이 아니라 패혈증이었다는 사실은 현재까지도 남아 있는 기록이고요.

김진유 그게 타살이라는 증거는 못 됩니다.

반공후 피격 직후 죽지도 못해 피를 철철 흘리면서 여관방으로 돌아갔습니다. 죽으려는 사람이 만신창이 몸으로 고통을 견뎌 가며 굳이 이동한다는 게 말이 됩니까?

김진유 언제까지 1800년대 얘기를 들어 줘야 하는지.

반공후 저는 살고 싶었던 겁니다. 끝까지 버티고 싶었다고요.

김진유 공후 씨, 제가 자료를 좀 가져왔습니다. 당신은 평소에 작업을 하다가 시간이 나면 취미로 화가들의 일대기를 탐독했다고 하더군요. 제일 좋아했던 것이 반 고흐의 이야기고요. 고흐에 관해 아는 게 많다는 점은 인

정하겠습니다. 하지만 피해자와 사이가 틀어
지기 전에는 환생한 고흐임을 주장한 적이 없
지요?

반공후　고경이와 틀어진 후부터 연기를 해왔
다는 뜻입니까?

김진유　그날 피해자의 작업실에서 발견된 족
적은 뉴발란스 520 모델 240밀리미터 제품
입니다. 당신이 화가 나서 버렸다는 신발이
요. 태오 씨도 그 신발을 집에서 본 적이 있다
고 증언했습니다. 당신은 버린 척 그 신발을
다른 곳에 보관했고, 그 신발을 신고 범행을
저질렀습니다. 이게 다 뭘 의미하겠습니까?

반공후　억측하지 마세요.

김진유　그럼 이건 어떨까요.

　　(범죄행동분석관이 용의자에게 파일을
건넨다. 피해자의 옷깃에서 채취한 지문이 용
의지의 지문과 일치한다는 소견서가 삽입되
어 있다.)

김진유 더한 증거가 있을까요.

반공후 내가 지금 누구의 계략에 놀아나는 건지…….

김진유 이제라도 솔직하게 말하시죠.

반공후 그날 충동적으로 고경을 죽이고 싶다고 생각하긴 했습니다. 목도 졸랐어요. 하지만 죽이진 않았습니다. 저는 고경을 미워하기만 한 게 아니에요. 차라리 반대겠죠. 오래 다툰 것도, 돌이킬 수 없을 만큼 관계가 어긋난 것도 그래서예요.

김진유 고경 씨와 다툰 후 목을 조른 적이 있다는 말이죠?

반공후 졸랐지만 안 죽였다니까요.

김진유 그게 무슨 술은 마셨지만 음주 운전은 안 했다는 말입니까?

반공후 하얗게 질린 얼굴을 보니 마음이 약해져서 힘이 풀렸어요. 이봐요. 목을 졸랐다는 사항만 기록하지 말고 내 말을 전부 적으라고요.

김진유 당신이 피해자를 증오했다는 건 주변

인의 공통된 진술입니다.

반공후　애증으로 바꿔 주실 수 있습니까?

김진유　지금 그게 중요합니까?

반공후　중요합니다.

김진유　어쨌거나 표면적인 감정이 증오라는 건 똑같지 않습니까?

반공후　전생에도 현생에도 나는 폴 고갱과 고경이 내 인생의 몇 없는 인연이 되길 바랐습니다. 하지만 그 자식은 나를 죽여 명예를 실추시키고…….

김진유　또 시작이군.

반공후　제발 새겨들으세요. 폴 고갱은 나를 죽이고, 평생 내가 없는 미술 시장에서 작품을 팔아먹으며 호의호식했습니다. 현생의 옹고경도 앞에서는 좋은 사람인 척했지만 정작 중요한 기회는 독점했지요. 자기도 알고 있던 겁니다. 환생한 폴 고갱이라 정정당당하게 승부를 겨루면 환생한 고흐인 내게는 밀린다는 점을요. 또한 내가 본인의 정체를 알리고, 내 사인이 타살이었다는 것까지 밝히면 그깟 인맥 놀이로 쌓아 온 모래성이 전부 무너질 거란 걸…….

김진유　공후 씨, 당신은 살면서 단 한 번도 정신과를 찾은 적이 없습니다. 지금 그 어느 때보다도 이성적이고, 논리적인 말을 할 수 있습니다. 연기하지 마세요.

반공후　뭐가 연기라는 겁니까? 당신이야말로 뭣도 모르면서 주둥이 나불대지 마세요. 제대로 조사를 하시라고요. 고흐의 리볼버와 탄피, 고갱이 수렵꾼들과 내통했다는 사실 전부요! 내가 이걸 어떻게 다 알겠습니까? 정말로 고흐의 환생이기 때문입니다. 진실만을 봐 주세요. 그럴듯하게 꾸며 내진 것들은 백개고 천 개고 아무 의미가 없잖아요!

4.

세 여자가 친구라는 껍데기를 불안히 유지하던 어느 겨울이었다.

"성적에 학부생 평가를 반영해 볼까 합니다."

교수가 숙취와 피로를 감추고자 건조한 안면을 열심히 비벼 댔으나 타성에 젖은 눈만큼은 감추지 못했다. 통보 내용이 은근한 술 냄새에 섞여 퍼지는 동안 심드렁한 학생들의 정수리 위로 침방울이 종종 튀었다. 동계 계절학기였던 탓에 적당히 과제만 제출하면 될 줄 알았던 학생들은 난처한 티를 냈다. 교수는 무성의한 자신의 태도보다 학생들의 게으른 손을 나무라고 싶어 했다.

"노력을 하든가 재능을 보이든가 그림 그리는 사람으로서 덜 쪽팔리게 애를 좀 쓰시요."

제안한 방법은 간단했다. 겨울을 주제로 유채화 1점씩을 제출한다. 무기명으로 작품을 진열한 뒤 모두가 순서대로 채점표를 작성한다. 점수를 합산하여 학생들이 부여한 총점과 교수의 평가를 50 대 50 비율로 성적에 반영한다. 교수의 평가와 학부생의 평가가 대등하게 반영된다니, 파격적인 처사였다. 술렁거림이 자연스레 발생했다.

"인기 많은 몇몇 애들만 좋겠는데?"

"서로 만점 주면 전원 해피엔드 아니야?"

"퍽이나 서로한테 만점 주겠다야."

"우리끼리는 후하게 하자."

상호호혜원칙을 지키자는 암묵적 약속이 오갔다. 공후는 어떤 무리에도 끼지 못한 처지에 초조함을 느꼈다. 마음이 평온치 않을 때면 일시적으로나마 평정을 찾기 위해 타인의 우매함을 곱씹었다. 저급한 태도에 죄책감도 느끼지 않는 놈들. 그리 비난하면 상대를 발아래에 두는 느낌이 들어 좀 나았다. 고경, 바다와 거리감이 생긴 후 공후에게 생긴 나쁜 습관이었다.

불안은 점차 선명해졌다. 바다와 고경이

친구라는 표면적 관계를 유지해 주기는 했지만, 더 이상 호의적인 뭔가를 주고받을 순 없었다. 동시에, 친구라는 이유로 허접한 작품들과의 품앗이를 구걸하고 싶지도 않았다. 불공정한 대우를 받고 있다는 피해의식이 자꾸만 솟구쳐 손바닥이 찌릿했다. 무형의 벌레가 기어가는 듯 그 촉감이 기이했다. 공후는 양손을 파닥거려 싫은 마음을 떨쳐 내려 했다.

다행히 불안은 오래가지 않았다. 아무리 인기투표라고 한들 군계일학은 존재하는 법이니 월등한 재능으로 타인을 뛰어넘을 수만 있다면 걱정할 필요가 없었다. 공후는 작업실 상주 시간을 늘렸다. 선배들에게서 물려받아 고경, 바다와 함께 월세를 분담하던 학교 인근의 공간이었다. 겨울이라는 주제에 적합한 레퍼런스를 찾고자 작업실에 비치된 도록을 꼼꼼히 살폈다. 고경은 대학 생활을 즐기느라 바빠져 작업실을 잘 찾지 않았다. 과제가 시작된 후에야 공후에게 간헐적으로 전화를 걸었다. 공후는 집중력을 흐리려는 그 전화를 원망하면서도, 통화 직후에는 늘 작업실 내부에 고경이 좋아하는 간식거리를 준비해 두었다. 미운 마음으로라도 기다리던 사람은 작업실은커녕 기숙사에도 들르지 않았다.

공후가 불필요한 감정들에 사로잡히지 않기 위해 애를 쓰던 며칠이 지났다. 과제 기간이 막바지에 접어들 무렵, 심야에서야 고경이 모습을 드러냈다.

"역시 여기 있었네."

묘하게 절뚝거리는 걸음이었다. 날숨을 뱉을 때마다 알코올 냄새가 났다. 공후는 그녀가 누구와 술을 마셨는지 묻지 않았다. 추궁하고 싶다는 욕망이 강해지지 않도록 무신경하게 대꾸하고는 도록에 시선을 고정했다.

"기숙사 자주 비워서 미안."

고경은 술자리의 흥이 가시지 않았는지 이유 없이 치근덕거렸다.

"사람들이 우리 이름 때문에 고흐랑 고

갱 같대. 내가 고흐 해도 돼? 내가 더 유명해
질래애. 도록 이리 줘 봐아.”

“내가 본 다음에 봐.”

“왜애애. 같이 봐아.”

호느적거리던 고경이 공후의 어깨 위로
긴 머리카락을 늘어뜨렸다. 턱까지 괴니 기
름진 안주 냄새와 뿌린 지 오래되어 부예진
향수 잔향이 공후의 뒷목을 둘러 넘어왔다.
중요한 약속이 있을 때나 뿌리던 향이었다.
공후는 그 냄새를 기억하는 스스로가 싫어져
고경을 밀쳤다. 그녀가 크게 휘청거렸다. 다
치게 할 의도는 없었던 공후가 반사적으로
팔을 붙잡았다. 하지만 고경의 부주의로 근
처의 토르소 석고상이 넘어졌다. 매끈했던
석고상에 검은 균열이 생겨났고, 고경의 바
짓단에 가루가 무질서하게 묻었다. 공후는
짜증을 내면서도 순순히 마른 수건을 가져왔
다. 무릎을 굽히곤 고경의 바짓단을 털었다.

“고마워어.”

고경은 돕기는커녕 공후를 빤히 내려다

보며 히죽였다. 공후는 자신도 모르게 열과 성을 다해 털어 대던 손이 무안해져 움직임을 멈췄다. 마른 수건을 책상 위로 던져 버렸다.

"술 취했으면 기숙사든 선배 방이든 가서 자."

"왜 그러냐아. 무섭게에."

"집중하고 싶어서 그래."

"화났어?"

"이제 너한테 화내고 말고 할 것도 없어."

"우리 공후는 오늘도 까칠하네에. 일부러 바다한테는 오지 말라고 했는데."

고경은 못 이기는 척 자기 자리로 돌아가 도록을 펼쳤다. 마지못해 레퍼런스를 찾는 손에 성의가 없었다. 그 와중에도 휴대폰은 메시지 알림으로 쉼 없이 진동했다. 소리 간의 촘촘한 간격이 결국 공후의 성미를 긁었다.

"과제하러 왔으면 조용히 있어 줘."

끝내 한 소리를 했지만, 딸꾹질을 할 정도로 취기가 오른 고경을 말리진 못했다. 노랫말 같은 흥얼거림이 이어졌다. 오늘 술값을 계산한 타 학과 선배가 얼마나 괜찮은지. 그 옆에 앉아 있던 다른 선배는 얼마나 우스웠는지. 연락처를 교환하는 내내 흑심을 내비치는 꼴이 바보 같았으며, 또 그 앞에 앉았던 후배는 어떠했는지. 친밀하지 않은 이름들은 수없이 나열됐다. 그중에는 바다는 물론이고 계절학기를 함께 수강하는 타 학부생들도 있었다. 고경이 하루 종일 수많은 사람들에게 에워싸여 지냈음을 공후는 뼈저리게 인지했다.

"나는 그래도 네가 제일 특별해. 알지이? 너는 나랑 다르게 새처럼 자유로워 보여. 성공하고 싶다는 욕구가 너한테는 없잖아아. 부러워어."

고경이 장난을 치며 머리를 까딱거렸다. 몸도 옅게 흔드는 것이, 속 긁는 말을 하면서도 능청을 부리는 꼴이 얄미웠다. 공후는 헤픈 모습에 치를 떨면서도 고경을 계속 보았다. 누전으로 인한 조명의 간헐적인 깜빡거림, 살짝 열린 창문으로 들어오는 서늘한 바람, 석고상과 함께 엎질러진 물통 밖으로 흐르는 물의 소리. 어떤 것도 감지되지 않았다. 공후는 계속 고경만을 보았다. 자신을 모욕하면서도 뻔뻔스럽게 웃고 떠드는 여자를.

알고 싶지 않았다. 혼자 작업실에 있을 걸 알면서도 다른 사람들과 술을 진탕 마시고 온 고경의 말 따위에 의미가 있을 리 없었다. 있다면, 그것대로 더 짜증이 날 터. 차라리 작업실에 오지 않았다면 이런 혼란도 없었을 것이다. 고경은 기어코 공후가 어디에 있는 줄을 알아내 찾아오고야 말았다. 알고 싶지 않은 것들을 자꾸만 이야기했다. 취기 오른 여자의 앙탈로만 넘기기에는 그날의 공후도 속이 평온하지는 못했다.

"난 정말로 노력하고 있으니까 너도 좀 어른스럽게 굴어."

"왜 말을 그렇게 하지이."

"만나는 선배 생겼다면서."

"그냥 도움이 많이 돼서 만나는 거야아.

네가 더 잘 알잖아.”

“모르니까 설명하지 마.”

“모른다라…….”

상체를 불량하게 까딱이던 고경의 허리가 인기척을 감지한 짐승의 등줄기처럼 일순 세워졌다. 그녀는 미래를 생각할 때면 누구보다 신속하고 또 이성적인 사람이 됐다. 그런 고경을 보노라면 공후는 오히려 미래를 생각하지 못했다. 이 뻣뻣한 상대가 한때는 누구보다 자신에게 유연했던 추억이 떠올랐다.

학과를 마음에 들어 하지 않던 고경이 신경 쓰여 전시회를 소풍처럼 데리고 다녔던 날들이 있었다. 붓을 제대로 잡는 방법을 알려 줬고, 재능이 보인다며 속에 없던 칭찬까지 아끼지 않던 자신이 지난 시간 속에 살고 있었다. 돈을 많이 벌고 싶다는 욕심을 아무렇지 않게 털어놓던 고경을 장사치라 놀리던 그녀는, 언젠가 그 욕심이 꿈이라는 말로 탈바꿈하여 이뤄지리라 아낌없이 응원했다.

공후야, 넌 하나를 그려도 다른 것 같아, 난 너처럼 무게감이 안 느껴지는데 이건 어떻게 한 거야? 그건 왜 그린 거야? 나한테도 알려 줘, 나도 잘 하고 싶어. 나랑 같이 밥 먹자, 같이 놀자, 같이 있자, 같이…….

공후의 머릿속에는 고경의 닳아 버린 요청들이 가득했다. 앞으로 나아가지 못해 끝없이 뒤로 돌아가기를 반복하는 일이 더는 재미있지 않았다.

"공후야, 나 요새 외주 들어온다? 과제 할 시간이 없어."

"그래서?"

"다 네 덕인가 싶고."

"그래서."

"이제 계절학기 성적까지 굳이 잘 받을 필요가 있나 싶고."

"무슨 말을 하고 싶은 건데."

"근데 이왕 하는 거 잘 받고는 싶다?"

고경의 숨에선 이제 술 냄새가 나질 않았다. 공후는 그런 고경의 입술을 노려보며,

반질반질했던 그 촉감과 알맞게 탄력 있던 부피감을 무의식적으로 떠올렸다. 추억이 습관이 되었음이 비참했다. 붓을 쥔 손에 들어가는 압력을 느꼈다. 이 힘에 이름을 붙여야 한다면 무엇으로 붙여야 할까. 정답을 알고 있었으나 인정하고 싶지 않았다. 다 지난 일을 현재까지 끌어와 생각하게 되는 미련을 어찌하지를 못했다. 시작도 끝도, 모든 선택은 고경이 했다. 공후는 언제나 수긍했다. 그래서 그녀는 단 한순간도 마음의 주인으로 살지를 못했다.

“매번 술자리에 너 안 불러서 미안해.”

“불러도 안 갔어.”

“알아. 그래도 아예 안 부른 건 미안해.”

“네가 친하게 지내는 사람들, 하나도 안 부러워.”

“알지. 넌 그런 거 신경 안 쓰고 싶어 하는 거.”

“알면 사과하지 마.”

고경의 목소리가 낮아지면 공기가 통째

로 낙하하는 것만 같았다.

"오늘도 내가 너 부르지 말자고 했어. 미안."

공후가 바라보는 고경과 고경이 바라보는 공후는 달랐다. 정확히 말하자면, 고경의 사과로부터 달라졌다. 공후는 고경에게 자신이 어떤 존재로 분류됐는지를 외면하고 싶었다. 그 바람이 공후의 분노를 급속히 냉각시켰다. 차라리 이 감정보다는 분노가 더 낫겠다고 뒤늦은 판단을 했다. 그러나 이미 들은 말은 돌이킬 수 없었다.

고경이 도록을 뒤적거리다 열의가 사라졌는지 자리에서 일어났다. 더 이상 몸을 휘청이지 않았다. 그녀는 자신을 찾는 사람들이 가득한 세계로 다시 떠날 채비를 했다. 공후가 보는 고경의 그 등은 영속적이었다.

"공후야. 너는 색을 잘 쓰잖아. 근데 깜깜한 곳에서는 아무 색도 안 보여. 그냥 내가 더 밝은 곳으로 갔다고 생각해 줘. 난 지금의 네가 좀……."

고경이 작업실 문까지 걸어갔다. 공후의 마음은 상대의 뒷모습을 보아도 도저히 줄어들지가 않았다. 들으면 들을수록 되묻고 싶은 질문들만 피어나 괴로웠다.

"부담스러워."

공후는 자리에 앉은 채 멍해졌다. 타인이 던지는 말의 의미를 곱씹는 일이 이토록 무가치하게 느껴질 수 없었다. 생각해 보면 언제나 그랬다. 어떤 말도 듣고 살 필요가 없었다. 어떤 말로도 좋았던 시절을 지킬 수는 없어서.

고경이 펼쳐 둔 도록을 보았다. 반 고흐는 〈아를의 눈 덮인 들판〉에서 겨울을 한순간도 지우지 않고 덮어 버리는 시간으로 기록했다. 눈은 밭을 가리지만, 그 아래에 놓인 노동의 시간까지 지우지는 못했다. 흰색은 휴식이 아니라, 견뎌 온 계절 위에 다시 얹힌 침묵이었다. 반면 폴 고갱의 〈눈 내린 브르타뉴 마을〉에서 겨울은 현실의 추위라기보다 화면을 구성하는 하나의 장면이었다. 눈은 삶을 가혹하게 만들지 않고, 형태와 색을 단순화하는 장치로만 기능했다. 한 사람은 겨울을 끝내 살아 내야 할 풍경으로 그렸고, 다른 한 사람은 언제든 떠날 무언가로 이미지화했다. 그 차이는 세계를 대하는 태도의 간극이었다. 공후는 신경질적으로 페이지를 넘겼다. 드가의 〈압생트〉 속 공허한 눈이 그녀를 응시했다. 호퍼의 〈밤샘하는 사람들〉 속 고독들에 그녀의 이름이 있었다. 프랜시스 베이컨의 사는 괴로움이, 조르조 데 키리코의 버려진 외로움이, 빌헬름 함메르쇠이의 사건 없는 침묵이 그녀를 목격했다. 공후는 화가 났다. 아끼고 사랑했던 미술이 이제는 자신에게 상처밖에 더 되지 않았다.

고흐와 고갱은 서로가 없으면 완성되질 않았다. 서로가 죽은 이후에도 상대의 이름을 비추는 반쪽의 작품이었다. 공후는 그게 싫었다. 영 마음에 들지 않았다. 고경은 차라리 고흐가 되고 싶다고 말했다. 공후는 고흐로 살 바에야 고갱으로 사는 게 백배는 더 낫다고 속으로 대답했다. 많은 사람과 생을 함께한 건 고갱이었으니까. 결국 이별 후에 아무렇지 않게 수많은 사람들과 부대끼면서 살아가는 사람은 고경이었다. 공후는 도록에다 얼굴을 파묻었다. 홀로 남은 작업실에는 손수건을 건네주는 이가 없었다.

학부생 참여 평가의 결과는 깔끔했다. 고경은 모두의 박수를 받았고, 공후의 작품은 누구의 입에도 회자되지 못했다.

그 후로 공후는 악몽을 꾸었다. 도록 속 그림들을 밟고 걸어가면, 그림들은 꿈의 주인이 되어 공후를 다른 세계로 보냈다. 꿈속의 겨울에서 고흐의 말을 하고, 듣고, 살았다. 어떤 감은 눈들은 진짜보다 더 진짜였다. 피로를 변명 삼아 하루에 12시간씩 잠을 잤다. 하루의 절반은 꿈속에 살았다. 그렇다면 꿈이야말로 진짜 삶일지도 몰랐다. 공후는 일대기와 노복에 없던 그의 삶, 나머지를 상상했다. 꿈속에서 고흐가 삶의 척추뼈를 분질러 나눠 주었다. 그것 또한 진짜일지도 몰랐다. 그 곁에서 고갱은 반복적으로 등을 돌렸다. 눈을 뜨면 고경이, 눈을 감으면 고갱이. 잊고 싶어 했으나 잊을 수 없는 사람은 어디에나 있었다. 꿈과 현실은 반복되는데 꿈도 현실도 같은 사람을 향하고 있다면 결국 영구히 벗어날 수 없는 것이었다.

어린 날의 이별은 아직 진행 중이었다.

9.

고경은 용기를 내 공후를 과천의 작업실로 초대했다. 전시 후 사이가 완전히 틀어진 일을 개의치 않으려 했지만 떠나 놓고서도 혼자 남은 아이가 눈에 밟히는 건 그녀도 마찬가지였다. 사실 고경이 합동 전시에서 공후의 부스를 찾은 데는 이유가 있었다. 공후를 향한 복잡한 마음들이야 무시하려 했지만, 바다의 부탁만큼은 무시하기가 어려웠다.

[오늘은 너라도 공후를 꼭 좀 설득해 줘. 나는 정말로 태오를 사랑해.]

고경은 고민 끝에 더는 개입하지 않겠다고 선언하려 했다. 불을 켜는 것도 잊은 화실이었지만 반쯤 가려진 달 덕에 부연 빛이 가득했다. 의존하기에 무척 작고 차가운 화면 속에 응답을 기입하려던 참이었다. 메시지 한 통이 그녀의 마음을 복잡하게 만들었다.

[두 점 더 사 줄게. 그리고 부스에서 내 그림을 무시한 일에 대해서 얘기 좀 하자.]

긴 한숨을 쉬었다. 고경은 어쩔 수 없다는 혼잣말을 반복했다. 공후에게 싫은 초대를 하고, 밤 구름이 있어야 할 자리로 떠나기까지 기다리는 동안, 정말로 어쩔 수가 없다는 무용한 생각만 되뇌었다. 사실은 어쩔 수야 있었다. 수는 많았다. 고경이 부와 명예를 일정 부분 포기하고 바다의 부탁을 거절하면 되는 일이었다. 더 올라가겠다는 야심을 버리기만 하면, 계단을 하나라도 내려가 보겠다는 마음만 먹는다면 만용을 부릴 필요가 없었다. 이미 아래에 두고 온 것들이 많았다. 한때는 손을 잡고서 느려도 같이 걷자던 다짐마저도.

고경은 어른이었다. 이제 그녀와 관련된 누구도 철없는 날에 살질 않았다. 그러니 더는 아르바이트를 하고 싶지 않았다. 삼각김밥이라면 신물이 났다.

후회해 봤자 회귀할 수 있는 건 아니었다. 그러니 가던 방향으로 계속 가는 수밖에는 없었다. 세월이 야속한 것은, 사람의 몸뿐만 아니라 꿈마저 늙게 만든다는 것. 고경은 계속해서 생각했다. 인연에도 태그가 붙어 있어 어떤 것들은 다른 것보다 값이 더 나간다는 사실을.

'바라는 걸 이루고 싶어.'

그래서 고경은 바다를 잡았고, 바다는 고경에게 부탁했고, 공후는 모두를 놓았다.

*

"무슨 말을 하려고 여기까지 오라 가라야? 택시비 준다고 했으니 그 말은 지켜."

당당하게 빈손으로 온 공후를 보고 고경은 바다와 연락하던 휴대폰을 감췄다. 화실 불은 겨려다 말았다. 이미 불편한 티를 내는 공후의 꼴을 자세히 보고 싶지 않았다. 움직일 때마다 성실히 켜지는 현관의 센서 등으로도 어긋난 관계의 직시는 충분했다.

"작업실 한번 보여 주고 싶어서. 한때는 우리 친했잖아."

"과거에 친했으니까 알아서 과천까지 행차해라? 연신내 사는 거 다 알면서?"

"행차는 어른한테나 쓰는 말인데 내가 너한테 쓰겠니."

"시비 걸려고 불렀구나."

"와서 앉아 봐."

고경은 이젤 앞에 놓아둔 목재 스툴을 공후에게 밀었다. 공후가 그 스툴을 발로 걸어찼다. 예상된 행패라 놀라지 않았다.

"옛날 일들을 마음에 담아 두고 있다면 내가 지금이라도 미안하다고 말할게. 그런데 우리가 뭐 대단한 사이였던 건 아니잖아? 너무 갇혀 살지 마. 같은 기숙사 쓰면서 서로한테 필요한 도움을 줬던 게 전부라고 생각해."

"옛날 타령이나 들으려고 내가 여기까지 왔네."

"진지하게 대꾸해. 나한테도 널 부르는

일은 용기가 필요했어.”

고경은 설명했다. 오래전 바다가 아버지를 통해 교수에게 전달했던 요청들은 별거 아닌, 그저 친구로서의 미담 같은 것이었고 교수의 선택에 지대한 영향을 주지는 않았다고. 바다가 자신과 친하여 여러모로 도와준 건 인정하지만 성공의 일부일 뿐 절대 전부가 아님을 강조했다. 그 말을 듣는 공후의 표정에는 별 변화가 없었다. 전혀 상관없는 남의 일을 듣는 것같이 굴었다. 무척이나 신경 쓰고 있단 걸 다 들켰으면서도.

“지금이라도 좋게 생각해서 바다랑 태오 관계를 인정해 주는 건 어때?”

“그걸 네가 왜 이야기하는데?”

“바다가 네 동생 정말 좋아하나 봐. 돈 많은 애랑 가까이 지내서 손해 볼 게 뭐가 있겠어.”

“내가 언제 돈 보고 그림 그렸어?”

“이제 좀 봐. 남들은 다 그것만 보고 살아. 속으론 실리만 따지면서 겉으론 예술가

행세하는 사람들이 한둘인 줄 아니. 그 사람들 바보 아니야. 자기가 원하는 것들 다 가지는 똑똑한 사업가들이야. 난 너도 나처럼 살았으면 좋겠어."

늘 이런 식이었다. 공후는 언제나 작품을 말하려 했고 고경은 이해利害를 말하려 했다. 공후가 관계를 원했을 때 고경은 실리를 원했다. 절대적이고 영속적인 것을 쥐려는 여자와 그 모든 것이 결국은 자본의 논리로 환원되고 주고받기식 수지타산 논리라 말하는 여자는 대화가 통하지 않았다. 그 누구도 공후가 보려는 것을 보려 하지 않았고, 그 무신경함을 사과하지 않았다.

커다란 창 너머 뜬 달이 마침내 구름 사이로 팔을 뻗었다. 그 옛날 타지 못했던 대관람차의 불빛처럼 느리게 회전했다. 산발적으로 일렁이며 공후의 눈가에 달라붙은 빛들이 멋대로 존재를 키우고, 창밖을 채웠다. 공후는 도달 불가한 빛 안에 가둬진 섬망의 손을 잡았다. 모든 과거가 귀신이 돼 그녀의 목을 졸랐다.

　도서관에서 함께 공부를 하던 고경은 전화를 받으면 누구에게든지 달려갔다. 기숙사에서 몰래 야식을 배달시켜 들뜬 마음으로 기다리던 순간에도 고경은 자신을 찾는 사람이 있으면 마다 않고 달려갔다. "너도 같이 갈래?" 옷을 갈아입고, 잘 쓰지 않던 향수까지 뿌린 후에야 예의상 물었다. 공후는 상대가 내심 바라는 답을 알았다. "나는 됐어." 차마 가지 말라 말하지 못해 보내 주고 나면, 고경은 바라던 대로 사람들의 조언과 도움을 한 아름 갖고서 돌아왔다. 어떤 것도 공후에게 나눠 주지 않으리란 예측은 늘 빗나가지 않았다.

　고경은 공후를 좋아했다. 공후를 동경했고. 그래서 공후가 되길 바랐다. 고경이 공후의 그림을 한 점씩 소화하며 공후 아닌 공후가 되었을 때 완성된 고경의 자리는 이미 높았다. 누구든지 내려다볼 수 있는 위치가 됐을 때야 고경은 잊고 있던 공후의 손이 기억나 가끔 찾아왔다. 적선하듯 허리를 끌어안고서는 귓바퀴 뒤편에다 흘리듯 말했다. "이러고 있으면 옛날 생각이 나." 공후는 언젠가부터 입을 맞추는 순간에도 다른 마음으로 이글거리던 고경의 눈을 보며 알아차렸다. 고경이 자신을 좋아하고, 동경하고, 그래서 곁에 서기보다 집어삼키길 바란다는 걸.

구질구질하게 곁에 매달리지 않겠다는 결단은, 공후에게 있어 드문 눈치였다. 같이 있어 봤자 재미도 없고 남들을 불편하게 만드는 자신 따위, 스스로 멀어져 주는 게 맞다는 생각이 들었다. "공후는 내성적이라 노는 걸 별로 안 좋아해요." 고경이 간편한 설명으로 자신의 모든 배려를 뭉개 버려도 반기를 들지 않았다. 기숙사에 홀로 방치될 때면 의미가 사라진 행동을 반복했다. 그건 상대의 이름을 속 발음으로 불러 보는 일. 눈을 뜨면 곁엔 아무도 없었다.

누군가의 야망은, 야망이라는 이름조차 쑥스러워하여 남들이 해석하기 편한 감정 뒤에 숨어 몸을 웅크렸다. 불타지 않는 야망도 야망이라 공후는 불 속에 살면서도 도움을 받지 못했다.

난 너 필요 없어. 너를 인연이라고 생각한 지난날을 후회해. 네 곁에 있었던 날들은 시간 낭비였어. 너랑 보낸 그 몇 년이 내 인생 최대의 오점이야. 내가 만약 죽어 버린다면 네가 미워서 죽는 게 아니라 나 자신이 미워서 죽어 버리는 거야. 그러니까 착각하지 마. 아무것도 너랑 상관없어. 넌 내가 아니고, 나도 네가 아니라고.

스물하나, 스물둘, 스물셋, 넷, 다섯, 여섯, 일곱, 여덟……. 외로운 외침마저도 좋은 그림의 안료가 될 수 있기를. 공후는 아낌없이 고독을 섞어 세상에 걸었다. 그림이 꽂힌 핀 아래, 뾰족한 가시 뒤편에는 다 식어빠진 감정만 남았다. 예술과 창작이라는 실낱같은 빈명을 쥐고 살면서.

"남의 손때나 탄 그림을 파니까 네 그림이 항상 쓰레기인 거야. 많이 팔리면 뭐 하니? 작품성이 없는데.”

“작품성에 매몰된 것도 하루이틀이지. 언제까지 예술 타령할 거야? 공후야, 솔직히 말할게. 그런 말을 할 정도로 네 작품이 대단하지는 않아. 정신 차려.”

“정신은 네가 차려야지, 장사치야.”

“예술을 못 한다면 장사라도 잘 해야지. 둘 다 못 하면 거지밖에 더 돼? 네가 자꾸 망가지는 걸 보면 나도 기분이 안 좋아.”

고경이 한숨에다 진심을 섞었다. 너를 괜히 불렀다, 혹은 너를 부르지 말걸. 조금 달라 봤자 의미는 매한가지로 아픈 문장을 연거푸 읊조렸다. 아무래도 바다의 부탁을 들어 주기 힘들겠다는 것을 깨달은 고경이 서둘러 태오에게 전화를 걸었다.

“땡전 한 푼 못 벌고 네 앞길만 막는 네 누나가 내 작업실에 있거든? 화가 많이 났으니까 좀 데려가.”

공후는 고경의 손을 보았다. 약지에 반지가 있었다. 늘 누구인지 모를 사람들과 시간을 보냈던 고경은 한순간도 공후에게 미안하다 말한 적이 없었다. 공후는 이제 참을 수가 없어서, 그 반지를 뺏지 못하리란 걸 알아서, 휴대폰을 대신 뺏어 바닥에 던졌다. 연이어 발길질했다. 상대의 응답을 출력하지 못한 채로 기기는 부서졌다. 공후의 옆머리가 식은땀을 머금고 뺨에 달라붙었다.

망상.

아틀리에에서 고흐는 고갱에게, 언제까지 테오에게 생활비나 받으며 지낼 거냐는 핀잔을 들었다. 고흐는 고갱에게 그림을 진중하게 그리라 지적했다. 고갱은 고흐를 업신여겼고, 고흐 또한 참지 못해 둘은 자주 다투었다.

어쩌면 현실.

고갱이 카페 드 라 가르에서 지누 부인에게 나쁜 장난을 치려 했지만, 그녀에게 도움을 많이 받은 고흐가 이를 사전에 막아 실패했다. 고갱은 화가 나, 그림 속에서 지누 부인을 유흥가의 포주로 전락시켜 모욕했다.

고흐는 속상해하는 지누 부인을 위해 독서하는 그녀의 모습을 밝은 색채로 다시 그려 주었다. 지누 부인은 고흐의 배려에 보답하고 싶어 했다.

또다시 망상.

고갱은 고흐를 미워하여 머지않아 떠났다. 혼자가 된 고흐는 한참 과오를 후회했다. 테오에게, 고갱이 아름다운 화가라는 편지를 보내며 당사자에게 전하지 못할 사과를 남겼다. 그의 노력에도 불구하고 고갱은 굵은 탄환이 고흐의 영혼을 파괴하는 동안에도 고흐를 찾지 않았다.

아마도 현실.

그날 차마 다 흘리지 못했던 응어리가 공후의 몸 위로 투명하게 쏟아졌다. 아틀리에로 돌아오지 않았던 고갱과 홀로 화실을 정리했던 고흐. 밀밭을 서성이던 그에게 안부 편지 한 통 남기지 않았던 고갱은, 이처럼 차가운 여자로 환생하여 또다시 공후의 영혼을 지르밟고 조롱하는 일에 주저함이 없었다. 언젠가 그가 화실로 들어와 이제는 여유가 생겼으니 지난 일은 다 잊고 함께 붓을 잡아 보자 말하는 순간은, 그것이야말로 망상이었다.

"네가 무슨 화가야! 넌 나 말고 몇 명이랑 붙어먹고 다닌 거야? 한 번이라도 날 걱정하긴 했어? 너 그런 거 잘하잖아. 맨날 방에 나 혼자만 남겨 두고 아침이 돼서야 돌아왔잖아. 더러워, 시발. 네 뒤에 주렁주렁 달린 추문들, 그거 다 진짜지? 너는 나랑 만날 때도 남들이 눈치챌 것 같으면 날 숨기느라 일부러 남자랑 붙어먹었던 더러운 여자야."

"안타깝다, 정말."

"나도 인맥에 기대서 작품 팔이 했으면 진작 부자가 되고도 남았어. 하지만 나는 끝까지 그림을 예술로 대접했다고. 너 같은 장사꾼이랑은 노선이 달라!"

"그래서 뭐? 네가 선택한 그 노선이 실패밖에 더 돼?"

"가난하다는 게 결코 실패했다는 건 아

니야.”

“그러고 보니 고흐나 너나 그림 못 파는
건 소름 돋게 똑같다. 사실은 고흐도 그림만
놓고 보면 별 볼 일 없어. 자살이라는 서사
덕에 유명해졌지.”

“닥쳐.”

“네가 진짜 환생한 고흐라면, 더러운 장
사는 네가 먼저 했어.”

화가 난 공후가 고경의 목을 분질러 버
릴 기세로 잡았다. 깜짝 놀란 고경이 두 손으
로 그녀를 떼어 내려 했지만, 힘에서 밀렸다.
공후는 벽에 고경의 뒤통수를 박아 버렸다.
박힌 사람보다 박아 버린 사람의 얼굴이 더
아파 보이는 모순이었다.

어그러짐 속에 고독은 알갱이가 되어 차
고 넘치고, 구르고 흘렀다. 고경은 그 감정을
비웃을 줄 아는 어른이었다.

“내가 왜 널 숨겼는지 몰라?”

공후는 입술을 다물었다. 송곳니와 맞물
린 아랫입술의 점막에서 피가 흘렀다. 비리

고, 뜨거웠다. 고경이 금방이라도 말할 것만 같았다. 너랑 있으면 미래가 없으니까. 그따위 말이라면 아무리 시간이 지났어도 듣고 싶지가 않았다. 도망칠 수밖에 없었다. 두 번 다시 보지 않겠노라 다짐하며 공후는 고상한 흰 목을 놓았다. 정원의 풀과 돌을 마구잡이로 밟으며 나아갔다. 도살장에서 겨우 빠져나온 소처럼 뛰었다. 고경이 그 등 뒤에다 뇌까렸다. 네 이름으로 살고 싶지는 않아.

2.

이것은 더욱 먼 과거다.

홧홧한 밤이었다. 술자리에서 빠져나온 셋은 신발 뒤축에 묻은 음식 냄새가 사라질 때까지 가게 반대 방향으로 걷고 또 걸었다. 돌아오라는 선배들의 독촉 메시지가 드문드문해질 때쯤 고경이 피로감을 담아 고갯짓했다. 힘 빠진 가로등 빛이 졸음에 함께 꾸벅이는 거리였다. 장사를 개시하지 않은 포장마차 근처에 플라스틱 의자가 방치되어 있었다. 고경이 주머니에서 맥주 두 캔을 꺼냈다.

"종강 총회 돈 낸 게 아까워서 챙겨왔어."

바다는 반가운 기색으로 한 캔을 낚아채 갔다.

"병맥주만 팔던데."

"계산서에 달아 달라고 부탁해서 얻었지. 아무도 모를걸."

"잔머리는."

바다가 의자 세 개를 적당한 간격으로

끌어오는 동안 고경이 공후의 뺨에 맥주 캔을 붙였다. 차갑고 축축했다. 공후는 제 뺨의 온도를 뒤늦게 인지하여 손으로 부채질을 했다. 고경이 입 모양으로 몰래 속삭였다. "하나로 같이 마셔." 공후는 하품을 하는 척 손으로 입을 숨겨 대답했다. "고마워." 별거 아닌 대화임에도 은밀함을 주고받았다 생각하면, 공후는 괜스레 더 더워지는 것을 어쩌지 못했다. 밤 12시 30분. 곧 기숙사로 돌아간다면 함께 나눌 밤이 길었다. 공후는 혼자만의 설렘을 식히느라 느지막이 착석했다.

바다는 플라스틱 의자에 기대 위태롭게 까딱거렸다. 의자의 앞다리가 붕 떴다 닿을 때마다 고요한 거리를 깨울 듯했다.

"도움 되는 선배들은 한 명도 안 오고 전부 술쟁이들뿐이야. 재미없게."

"도움 되는 선배가 어디 있어. 술값 내 주는 선배, 안 내 주는 선배만 있지."

"고경아. 사람은 말이야. 어떻게 써먹느냐에 따라 용도가 천차만별이야."

캔을 따자 허연 거품이 입구 밖으로 숫구쳤다. 바다가 재빨리 입을 갖다 대 막았다. 고경은 제 몫을 깨끗이 딴 후 한 모금을 마시고 공후에게 건넸다. 공후는 입구에 남겨진 입술 자국 위에 그대로 제 것을 포겠다. 혀끝만 축여도 목까지 달았다. 고개를 젖힐 때마다 처음 보는 별들이 더운 시선에 스쳤다.

"학회장이 네 생일날 다 같이 모이자고 하더라. 너도 혹시 관심 있어?"

"누구? 네가 잘생겼다고 한 꼴통?"

술자리를 좋아하지 않아 자주 빠졌던 공후는 모르는 이야기였다. 설명을 채근하는 눈으로 고경을 보지 않기 위해 의식적으로 바다를 쳐다보았다. 덕분에 바다의 표정이 생각보다 좋지 않음을 알아차렸다. 어디에도 눈을 두기 안전한 곳이 없어 괜히 휴대폰을 꺼냈다. 새 메시지도 없는 메시지함을 몇 번이나 터치하며 골몰한 척을 했고, 고경이 맥주를 넘겨줄 때마다 입을 막았다. 하릴없이 시간만 살피며 돌아갈 타이밍을 기다릴 뿐이었다.

"그 선배 꼴통 아니야."

"네가 좋아한다는 사람들은 하나같이 좀 그렇잖아, 호호."

그맘때 바다는 사람을 물건처럼 여기는 태도 탓에 여러 사람들과 지지부진한 관계를 맺고 끊길 반복했다. 바다가 지속되지 않는 인간관계에 불안을 느꼈던 반면 고경은 어떤 인간관계도 지속할 의지가 없음에도 늘 주변에 새로운 사람이 생기곤 했다. 공후의 그림들을 볼 때마다 자신이 이 대학에 붙은 것이 얼마나 운 좋은 일이었는지 체감된다며 스스로의 재능 없음을 입버릇처럼 말하고 다녔다. 자기 가치를 평가절하 하고 매사에 미련이 없던 태도. 모임에 참석해도 가장 먼저 자리에서 일어나는 사람. 그것이 오히려 고경을 더 매력적으로 보이게 했다. 어린 예술가들은 그녀가 진실로 무던한지 확인하고자 다가왔고, 끝내는 무엇도 증명하지 않으려는 태도에 편안함을 느껴 친구가 되려 했다. 그에 비해 바다는 가진 것이 많은데도 충분한 주목을 받지 못한다고 느껴 가만히 있어도 주인공이 되는 고경과 비교되는 처지에 은근한 불만이 있었다. 고경이 남에게 무시당하며 사는 성격이 아닌 탓에 바다 또한 고경을 함부로 대하지 못했고, 자신보다 아래라 생각한 사람들에게 들러리처럼 붙어 관계를 유지해야하는 상황에 은근한 스트레스를 느꼈다. 공후는 그들 사이의 긴장감을 제대로 해석할 줄을 몰라 그저 청춘이 다채로워지는 줄로만 알았다.

미숙이 부주의하게 얽힌 밤이었다.

"너랑 아무 사이도 아니란 거지?"

"그 사람 혼자서 나한테 일방적으로 연락하는 거야. 귀찮아."

"그래서 나도 홧김에 너희 둘이 사귄다고 말해 버렸어."

"뭐라고?"

고경이 코웃음을 치며 바다의 도발에 반문했다. 왜 그런 말을 했느냐고. 그동안 공후는 맥주 캔 입구에 혀만 댔다가 헛기침을 했다. 턱끝을 타고 탄산이 가시지 않은 액체 한 방울이 흘렀다. 딱 그 부분만 온도가 식어 여름 같지 않았다.

"너희 둘이 사귀잖아."

"뭐래."

"그럼 지금이라도 아니라고 말할까?"

행인 하나 없이 고양이들만 이따금씩 길을 지났다. 공후는 고경과 둘이서 밤길을 걸을 때면 꼭 사진으로 담아 두곤 했던 네발짐승들의 평온한 밤 산책을 모두 흘려보냈다. 휴대폰을 만지작거리는 손이 조금 느려졌다. 날이 더워서는 아니었다. 땀이 흐르지 않음에도 푹 졸아지는 기분이었다. 곁에는 자신을 힐끔거리는 바다와 하늘의 별을 세는 고경이 있었다. 고개를 숙여 제 무릎 사이의 땅을 응시했다. 몸을 동그랗게 말면 플라스틱 의자는 아주 미세하게 뒤로 밀려났다. 삐그덕 소리로 바닥을 긁으며.

"사귀기는 무슨. 연락하는 선배 있어."

　고경이 공후에게서 맥주를 받아 갔다. 같은 입술 자국 위로 둘은 입을 거듭 포겠다. 울렁이는 그녀의 목 언저리를 공후는 물끄러미 지켜보았다.

　"아쉽네."

　"네가 뭐가 아쉬워."

　"둘이 사귀어야 재미있잖아. 바로 곁에서 구경도 하고."

　"우리가 동물원 원숭이니?"

　"아무튼 학회장한텐 꼬박꼬박 답장하지 마. 완전히 오해하고 있어."

　"오해 없어도 너랑 잘되진 않을걸. 그 선배 너한테 관심 없던데."

　"헛소문이 도는 게 싫어서 그러는 것뿐이야."

　장난기 많은 고경이 삐딱하게 고개를 끄덕였다. 맥주 캔을 쥐지 않은 손은 키보드 위에서 분주하게 움직였다. 공후는 메시지함을 확인했다. *그냥 해 둔 말이야.* 믿음과 불안이 아슬아슬한 외줄을 탔다.

"너희는 방학 동안에 뭐 할 거야?"

화제를 바꾸려는 바다의 물음에 공후가 얼른 입을 열었다. 첫마디였다.

"동생이 곧 대학 가서 알바 하려고."

공후는 총 12곳의 아르바이트 자리에 지원했고 7군데에서 면접을 봤으며 단 한 곳에서도 연락을 받지 못했다. 실망감보다는 계속 지원하자는 의지가 앞섰다. 20곳이든 30곳이든 마땅히 해야 한다는 생각 덕에 실패를 해도 실패한 줄을 몰라 지치지 않던 나날이었다.

"남동생이라며. 알아서 하라고 해."

"나한테는 고마운 동생이고, 걔가 잘되어야 나도 잘돼."

"되게 소중한가 보네. 난 내 동생이랑 데면데면한데."

지방에 조부모를 두고 남매끼리 타지에서 고교 생활을 하는 동안 공후와 태오는 서로에게 의지해 왔다. 어리광으로 상대를 곤란케 하기보다는 먼저 어른이 되어 주고자 쌍방으로 애를 썼다. 태오는 학교에서 장학금을 받을 때면 공후를 데리고 화방부터 가던 동생이었다. 그러면 공후도 미안한 마음에 물감 하나를 덜 사고 그 돈으로 태오가 좋아하던 라면을 사다 끓였다. 요즘 것들답지 않은 촌스러운 남매. 이웃들이 속없이 툭툭 뱉던 평가에도 공후는 생각했다. 내일보다 오늘을 더 생각해야 하는 우리기에 세련되지 않아 천만다행이라고. 자발적으로 멋을 포기하고 생존만을 선택한 공후는 그런 자기를 묵묵히 따라 주는 태오를 깊이 위했다.

고경이 생각에 잠긴 공후를 대신해 답했다.

"넌 공후가 자기 사람한테 얼마나 살가운지 모를 거다."

고경과 공후가 서로를 보았다. 어느 밤, 서로의 사정을 처음 나눴던 침대 위에서 주고받던 눈빛을 고경은 간직하고 있었다. 여전히 같은 온도로 웃어 주는 여자라면, 아직은 어떤 말이라도 믿어 마땅했다. 공후는 비로소 안심이 됐다. 두 여자는 캔을 주고받으며 둘만의 언어로 대화했다. 목 넘김이 매끄러운 해독이었다.

그때 바다 또한 알아차렸다. 셋이 앉아 있어도 이 자리에는 둘만 있음을. 늘 그것이 마음에 들지 않았다.

"너희 둘은 항상 서로만 말을 주고받고 나한텐 피드백도 잘 안 해 주더라."

고경이 취기 오른 해맑은 톤으로 받아쳤다.

"너도 성적 걱정을 해?"

"당연하지. 나는 그럼 뭐 취미로 미술해?"

"돈 많은 애들한테 이런 건 취미잖아."

"나도 인정은 받고 싶어."

"너 예술가가 꿈이니?"

고경은 아예 입을 벌리고 소리 내어 웃었다. 이미 데워진 대기보다 더 뜨끈한 숨이 훅훅 삐져나왔다.

"네가 우리 중에서 제일 재능이 없는데

그런 말 하니까 대박 웃기다. 너는 장사꾼이 꿈인 줄 알았어."

악의 없는 순전한 진심이었다. 그래서 더 바다를 약 올리는 말이었다. 공후가 노파심에 고경의 허벅지 위에 손을 올렸다. 자제하라는 신호였고, 고경은 이미 취해 있었다. 바다는 조금도 취하지 않아서 맥주를 연거푸 들이켜도 오늘 나눈 말을 잊지 않을 것이었다.

"너도 그림에 관심 없으면서 왜 말을 그렇게 해."

"나는 관심이 생겼어. 공후가 많이 가르쳐 줬거든. 재능이 있어서 이걸로 부자도 될 수 있을 거래. 그렇지?"

공후는 바다의 눈치를 보되 분명히 고개를 끄덕였다.

"난 나중에 돈을 아주 많이 벌 거야. 너는 장사치로 태어나서 예술가를 희망하겠지만, 나는 예술가로 태어났으니 장사치도 해 볼 거야. 미술이든 뭐든 간에 내가 잘하는 일로. 바다야, 그러니까 우리는 오래 친구로 남아야 해.”

고경이 차츰 미술에 관심을 가지던 시기였다. 공후가 부단히 이끈 덕이었다. 동시에 바다는 자신이 가진 것과 가지지 못한 것이 무엇인지 원치 않게 배워 가는 중이었다. 같은 시간 축에 서로 다른 세 마음이 앉아 진실 없는 진실 게임을 했다. 모두가 어렸다. 어렸기에 가능성은 무한했다. 서로에게 뭐든 될 수 있던 밤이었다. 눈치가 더딘 공후는 걱정 대신 모두가 잘되리라는, 마냥 순진한 착각에 집중했다.

요의를 느낀 고경이 자리에서 일어났다. 화장실은 근처 역사에나 있었고, 제법 먼 길이었다. 바다와 공후 사이의 의자는 잠시 주인을 잃었다. 남은 둘은 각자의 맥주 캔을 비웠다. 공후가 주머니에 넣어 뒀던 티슈 한 장을 바다에게 건넸다.

“고경이가 취해서 장난친 거니까 신경 쓰지 마.”

“내가 뭘 신경을 쓰는데?”

"너 재능 없다는 말. 그냥 우린 네가 돈이 많으니까 부러워서 그래. 종종 바다처럼 편하게 살고 싶다, 그런 얘기했거든."

"너흰 꼭 둘을 가리킬 때만 우리라는 말을 쓰네."

바다가 신발 앞코로 작은 돌을 걷어찼다. 휑한 거리를 가로질러 날아오는 물체를 피해 길고양이들이 모두 자리를 떠났다. 돌은 하수구 뚜껑 위에 외로이 안착했다.

"고경이는 태도가 참 이상해. 왜 너는 우러러보면서 나는 무시하는지 몰라. 사람들이 다 자기를 좋아하니까 거기에 좀 취해 있는 건지."

"아냐. 고경이가 딱히 너를 차별하진 않아."

"요즘 부쩍 네 얘기 많이 하는 거 알아? 너한테서 배울 때마다 뭔가를 느끼나 봐."

공후는 은근히 기분이 좋았으나 티를 내지 않았다. 다만 기숙사로 돌아가면 단둘이 함께 보낼 시간이 얼마나 남았는지를 확인했다. 피로를 모르는 청춘들에게 여전히 밤은 길었다.

“바다야. 넌 할 수 있는 일이 많잖아. 너무 피해의식을 가지지 마.”

“뭐?”

“가끔 고경이가 눈치 없는 말을 하긴 해도 널 미워해서 그러는 건 아니야. 진짜로 우리가 처한 환경이 달라서 그래.”

“너 방금 피해의식이라고 했니?”

“기분이 나빴다면 미안해.”

“공후야. 잘못 짚었어. 너는 내가 아니라 재를 더 걱정해야 해. 재가 너한테서 뭔가를 느끼기 시작한 이상 재도 곧 너를 미워하게 된다는 거 몰라?”

“무슨 뜻이야.”

“내가 고경이한테 뭔가를 느껴 버린 것처럼.”

공후도 자리에서 일어났다. 고경을 데리러 간다는 핑계를 대고선 빈 캔을 챙겼다. 바다는 움직이질 않았다.

"난 대학에 와서 처음으로 나보다 못한 사람들한테 무시란 걸 당하고 있어. 너네 이 느낌 모르지?"

언젠가 고경이 공후에게 한 말이 있었다. 바다는 목적 없이 사람과 친해지지 않으니까, 바라는 게 없으면 곁에 두지 않아도 돼. 그때 공후는 묻지 않았다. 그러는 너는 왜 바다를 곁에 두고 있니. 왜 우린 늘 셋이 다니는 거니. 세상이 애정으로만 작동한다고 믿는 스물에게 어떤 스물의 세상은 제법 정교했다.

공후는 홀로 고경을 데리러 갔다. 바다가 한 말은 무엇도 전하지 않았다. 그녀 안에서 바다도, 고경도 재편성되기 시작했지만 눈앞의 고경은 술을 잘 마시지도 못하면서 무리를 한 탓에 눈두덩이가 우스꽝스러울 정도로 달아올라 귀엽기만 했다. 그녀가 히끅거렸다. 속 트림을 할 때마다 콧구멍 밖으로 맥주 냄새가 비질비질 새어 나왔다. 그 모습을 보면 공후는 몰래 술을 할짝거린 고양이를 대하듯 못 이긴 척 안아 줄 수밖에 없었다.

"후야, 삼각김밥 사 주라."

"배고파?"

"내가 삼각김밥 먹는 모습을 네가 좋아 하잖아."

둘은 비로소 손을 잡고 걸었다. 공후가 물었다. 알고 있었어? 고경이 대답했다. 네가 집중하는 모습이 얼마나 큰데. 나지막이 덧 붙였다. 늘 그게 부러워. 공후는 고경을 품에 꽉 안았다. 칭얼거림이 사랑스러웠다. 캘린 더 앱을 켜 기념일까지 모을 수 있는 돈을 가 늠해 보았다. 어떤 선물이 좋을까. 사랑스러 운 상대에게 요사스러운 속옷을 사 주고 싶 다는 개구진 충동이 들었다. 고경과 함께할 일들을 생각하면 그게 무엇이든 공후는 웃음 이 나왔다. 이미 반쯤 취해 다리만 움직이는 고경을 부축하며 공후는 도로의 중앙선을 따 라 걸었다. 누군가의 악의는 더 이상 아무렇 지도 않았다. 아침이 오면 해가 떴고, 빛이 태어나면 색도 태어났다. 둘은 계속해서 그림을 그렸다. 점과 선, 획과 형상이 수도 없이 새겨졌다. 종이가 채워질 때마다 예술은 마음의 꼭지를 물고 한 장씩 창조됐다. 공후는 무엇도 걱정하지 않았다.

그리고 그해 생일. 고경은 공후와 함께 있지 않았다.

O.

지문이 발견되었으나 공후는 살인을 재차 부인했다. 살인 과정에서 묻은 것이 아닐 수 있다는 가능성이 아주 없진 않았기에 직접증거 부족으로 구속영장이 발부되지 않았다. 불구속 신분인 공후는 컨디션 난조를 주장하며 체리 케이크를 먹게 해 달라 생떼를 썼다. 그 터무니없는 요구를 들어 줄 바에야 잠시 귀가 조치 하는 게 더 합리적이었다.

진유는 수사팀의 협조 승인을 얻고자 형사를 찾았다. 양치가 덜 된 형사의 입에서 국밥 누린내가 풍겼다. 형사는 현장 관리 대장을 무성의하게 던졌다.

"청계산 인근이라 인적이 드물어서 풍경이 예술이에요."

쾌 먼 거리였다. 형사가 휴대폰 배터리를 충전해 가라 조언했음에도 진유는 차에 시동부터 걸었다. 풍경 사진은 무슨 놀러 가는 줄 아나, 속풀이 같은 혼잣말과 함께 운전대를 잡았다. 1시간 남짓을 달려야 했다.

출입구의 진입금지 테이프가 수상쩍게 헐거웠다. 과연 형사의 말은 사실이었다. 입장하자마자 주택을 호위하는 초록이 펼쳐졌다. 잘 조경된 정원이었다. 사망 현장이라는, 한 인간의 목숨이 종결된 끔찍한 곳임에도 그 기류를 상쇄시키는 적막은 숭고하게 느껴질 정도로 아름다웠다.

성공의 색이란 주거 공간에 담긴 파랑과 초록의 색. 사치스러운 전경 속에서 생과 사를 오갔을 둘의 모습이 진유의 공상 속에 어른거렸다. 성공했되 죽은 자는 말이 없고, 실패했되 살아남은 자는 거짓을 말한다. 자연은 말없이 고개 숙일 뿐이니 관측하는 자는 억측을 아껴야 하는 법.

공후가 정말로 환생한 빈센트 반 고흐인지, 먼 옛날의 죽음이 고갱의 손에서 시작된 악의 꽃인지 진유는 알아낼 수 없었다. 또한 공후의 진술에만 의존하여 그것이 망상인지 망상 연기인지 구분하는 일도 쉽지는 않았다. 그러나 진유는 오늘 여기에 할 수 있는 일을 하러 왔다.

[작업실 현관의 가정용 *CCTV*는 당연히 확인했습니다. 아니나 다를까 망가졌더군요. 하지만 그날 반공후가 작업실을 방문했다는 사실에는 변함이 없지요.]

이것은 형사에게서 받은 문자였다. 사건 조사 초기 단계에서 이미 CCTV 분석을 시도했으나 유의미한 정보를 얻기 어려웠다. 제삼자가 개입한 것인지 애초에 제구실을 못 하던 CCTV였는지도 알 수 없었다.

[뒤늦게 생각난 건데 고경이네 작업실 앞마당에 작은 분수대가 있어요. 고경이는 새를 관찰하는 일을 좋아했거든요. 그 분수의 헤드를 확인해 주세요.]

이것은 바다에게서 받은 문자였다. 바

다는 사건 참고인으로 진유와 형사를 만난 적이 있었는데 문자는 오직 진유에게만 전송됐다.

진유는 정원 중앙에서 고인 물을 반복적으로 뿜어 대는 분수대를 발견했다. 다 퇴색하여 쓸모없어진 둘의 추억처럼 분수대는 흙이 섞인 오물을 멈추지 않고 토했다. 쓰임새에 사력을 다하는 모습이 옹색하여 진유는 분수대의 모터를 멈추었다. 물병을 든 에로스의 머리가 곧 분수대의 헤드였다. 반시계 방향으로 회전시키니, 끼릭거리는 소리로만 저항할 뿐 에로스는 자신의 마지막 사랑을 진유에게 모두 내어 주었다.

그 안에는 에로스의 눈과 연결된 카메라가 있었다. 분수대에 찾아와 물을 마시는 새를 관찰하고자 고경이 설치해 둔 기기였다. 진유는 가져온 노트북과 카메라를 연결하여 사건 발생 당일 시점으로 되돌렸다. 기록은 거짓을 말하지 않았고, 에로스의 눈은 언제나 희롱할 만한 상대를 향했다. 그렇기에 공후가 있었다. 말했던 대로 베란다 창 안에서 공후가 고경의 목을 쥐고 괴물 같은 얼굴로 포효했다. 그때 야간 비행을 하던 새 한 마리가 내려앉아 시야를 가렸다. 빨리 감기를 연거푸 클릭하는데도 지친 새는 꽤 오랫동안을 앉아 쉬었다.

진유는 영상을 마저 살피고는 마땅히 답신을 받아야 하는 사람에게 연락을 남겼다. 카메라만 분리한 뒤 헤드를 원래대로 끼우는데, 비교적 최근에 생긴 균열이 보였다. 먼저 열어 본 이가 존재했다. 복잡한 마음에 고개를 젖혔다. 맑은 하늘이었으나 눈치 없이 진유를 내려다보는 솜구름 한 덩이가 머리 위를 부유했다. 감춰진 진실을 탐닉하려는 그 구름이 너무나도 하얘서, 그 아득한 순수에 진유는 눈을 감았다.

구류이 훔쳐보지 못하도록 노트북을 덮었다.

*

김진유 제가 프랑스 미술사박물관에 부탁해서 비공개 자료를 받았어요. 공후 씨의 말대로 고흐가 죽은 후 오랜 시간이 지나서야 7밀리미터 르포슈 리볼버가 발견됐고, 탄피는 아예 발견이 되지 않았다더군요.

반공후 거봐요! 내 말이 맞죠? 나는 자살하지 않았어요.

김진유 끝까지 들으셔야죠. 저는 지금 한국말을 하고 있습니다만.

반공후 네?

김진유 그 자리에서 발견된 리볼버는 자동 배출 기능이 없는 모델이었습니다. 격발 후에도 탄피는 회전식 실린더 안에 그대로 남게 되지요. 탄피가 발견되지 않았다는 이유로 범인이 탄피를 은닉했다고 확정짓는 일이 비약이란 뜻입니다. 즉, 분실된 탄피가 무조건 타살의 가능성을 증명한다고 볼 수는 없습니다.

반공후　그게 무슨······.

김진유　고호는 살아생전에 지누 부인을 통해서 총을 구입했지 않습니까? 고호의 사정이 좋지 않음을 지누 부인도 알고 있었기에 비교적 저렴한 리볼버를 판매하는 총기 상인을 연결해 줬겠지요.

반공후　그럼 수렵꾼은요? 그 근처에서 고갱과 연이 닿았던 수렵꾼이······.

김진유　이것 또한 비공식 자료인데 말이죠.

　　(용의자에게 *1890*년대 프랑스 정부의 허가를 받은 수렵꾼들의 명단과 활동 일지를 보여 준다. 용의자는 불어 해독이 불가하여 읽지 못한다.)

김진유　기록에 따르면 반 고호가 죽던 시점에 밀밭에서 공식적으로 신고된 수렵 행위는 없었습니다. 오베르쉬르우아즈의 밀밭에는 원체 수렵할 동물이 다양하지도 않았고요.

반공후　분명히 누군가 나를 쐈습니다. 그것

만큼은 자료가 없어도 사실입니다.

김진유 고흐가 타살당했다는 증거가 없습니다. 또한 고갱의 생전 일지 및 기록에서도 고흐를 증오했다거나 악의가 있었다는 암시도 없습니다. 반면에 고흐가 스스로 죽음을 선택했다는 정황증거는 많습니다. 말도 안 되는 전생 이야기는 이제 그만하시죠.

반공후 내 의견이 묵살당하는 게 치욕적이지만 일단 그럼 과거는 차치합시다. 결정적인 증거를 갖고 왔으니까요! 하늘이 나의 손을 들어 줬다고요.

(그때 취조실 매직미러 너머에 있던 기록 담당자가 노크한다. 취조 상황을 녹화하는 내부 CCTV에 원인 불명의 노이즈가 껴 잠시 손을 봐야 한다고 전한다. 범죄행동분석관, 고민하다가 흐름을 끊으면 안 되리란 판단에 취조 강행을 주장한다. 이에 상황을 살피던 형사가 망설이다 간략히 마무리하라며 의견을 수용한다. 다만 유의미한 진술이나 자료가

있을 시 반드시 기록으로 남겨 달란 말을 덧
붙인다.)

김진유 소란이 있었군요. 괘념치 마시고 증
거를 보이길 바랍니다.

반공후 정말로 하늘은 내 편입니다.

(용의자, *USB* 하나를 건넨다. 범죄행동
분석관은 즉시 노트북에 연결해 화면을 살핀
다. 용의자가 상기된 얼굴로 노트북 화면을
가리킨다. 취조실 바깥의 형사에게는 노트북
방향 때문에 화면이 보이지 않으며, 형사는
기록 담당자와 *CCTV*를 살피느라 잠시 한눈
을 팔고 있다.)

반공후 고경은 평소 야생 조류 관찰을 즐겨
했는데 아니나 다를까 분수대 헤드에 이런
관찰 캠이 있더군요.

김진유 어쩐지 폴리스 라인이 헐겁더라니.
당신 짓이었어.

반공후 멋대로 침입한 건 처벌받겠습니다.

일단은 영상을 봐 주세요!

(영상이 재생된다. 카메라 앞에 앉았던 새가 떠난 후의 장면이 송출된다. 화가 난 용의자가 현관문을 열고 나가는 모습이 이어진다. 뒤따라 나온 피해자, 그때까지 살아 있었고 용의자와 실랑이를 이어 가지만, 용의자는 화를 내며 현장을 떠난다. 용의자의 발, 샌들을 신고 있다. 피해자, 스스로 걸어 내부로 돌아간다.)

반공후 봤죠? 제가 작업실을 떠나던 와중에도 고경은 살아 있었습니다. 이 모든 게 진실입니다!

김진유 이 뒤에는…….

반공후 진짜 범인이 나온단 말입니다.

(범죄행동분석관, 영상을 마저 살핀다.)

김진유 이건…….

반공후　이제 아시겠습니까?

김진유 증거 보존을 위해 지금 노트북에 꽂힌 USB를 즉시 제출해 주시죠.

반공후 물론이죠!

김진유 하늘이 정말로 돕고 있군요…….

반공후 휴지 있습니까?

김진유 우시는 겁니까?

반공후 아니요, 그냥, 좀…… 이제야 후회가 됩니다. 내 외로움으로는 오직 나만 원망할걸 하고…….

　(범죄행동분석관, 취조실 매직미러 너머를 바라본다. 잘 보이지 않는다. 한편 취조실 기록 화면에 낀 노이즈의 원인에 관해 토의를 나누던 관계자들이 뒤늦게 기기를 고치고 다시 취조실 안을 볼 때 이미 짧은 대화는 끝나 있다. 용의자, 범죄행동분석관의 옆얼굴을 바라본다.)

*

마지막 취조에서 공후는 끝내 진유가 보는 앞에서 눈물을 터뜨리고야 말았다. 진유는 그녀의 손에 갑 티슈를 뭉텅이째로 쥐어 주며 목격했다. 안간힘을 써 감추고 있었던 감정이 터져 나올 때 사람은 얼마나 사람다운 얼굴로 울 수 있는지 또한 그것이 얼마나 허무한지. 공후는 자신이 바란 고경의 끝은 이런 방식이 아니었다며 진유의 손을 꼭 잡았다. 흘린 눈물이 결백의 방증이 되리라 믿어 의심치 않는 악력이 느껴졌다.

"저는 이미 소중한 것 전부를 잃었습니다. 그러니 부디 저를 대신해서 진범과 맞서 싸우는 등불이 되어 주세요."

요청을 끝으로 심문은 종결됐다. 진유는 퇴장한 직후 캔 커피 하나를 뽑았다. 그녀의 사비를 지출하여 이번만큼은 디카페인으로. 달고 질척한 목 넘김이었다. 오랜만에 느껴 보는 감촉임에도 달갑지가 않았다.

자료 정리를 마친 후 진유는 형사에게 영상 기록물을 직접증거로 제출했다. 이를 확인한 담당 형사가 책상을 즐거이 내리쳤다. 몇몇 관계자들은 사건 하나가 끝났다며 숨을 돌렸다. 진유는 망상증에 대한 의견 또한 최종 제출을 끝냈다.

해야 할 일은 모두 마무리됐다.

“용의자의 도주 가능성은 적으니까 곧 잡아넣기만 하면 되겠네요.”

형사는 주머니에 아무렇게나 넣어 뒀던 녹말 이쑤시개로 대구치와 소구치 사이를 쑤셨다. 먼지와 엉켜 있던 이쑤시개 끝에 천 보푸라기가 감겨 있었다. 이쑤시개를 움직일수록 얇은 보푸라기는 되레 치아 사이를 파고들었다. 형사가 연신 쩝쩝거리며 진유를 바라보았다.

“마무리를 잘 하고 나가니까 속이 시원하시죠? 축하합니다.”

“한 건 없고 도움만 받았는걸요.”

“누구한테요? 다른 증인이 있었습니까?”

진유는 목에 건 출입증을 벗어 주머니에 넣었다. 형사의 것과 달리 그녀의 주머니에는 보푸라기조차 없어 섬유의 감촉이 살갗에 고스란히 전해졌다. 소유하지 못해 가장 하찮은 것들까지 느껴지는 오후였다. 이 건물을 나서면 진유는 무엇을 하고 살까. 무엇이든 가능했다. 적성과 맞지 않던 취조, 재능 없는 추리력, 빠릿빠릿하지 못했던 성향. 그녀는 어린 시절 품었던 꿈의 파편들로부터 달아나 긴 미래를 살아 볼 계획이었다. 거리 위를 오가는 도시의 무수한 죽은 꿈들처럼.

"증인 말고 하늘의 도움을 받았어요."

깍듯한 인사였다. 허리가 직각으로 굽어질 때 단정하게 묶여 있던 머리카락 몇 올이 끈에서 빠져나와 가볍게 낙하했다. 목덜미에 닿는 간지러운 그 감각을 느끼며, 진유는 더 이상 머리를 단정히 올리지 않겠다 다짐했다. 그녀는 차라리 손톱을 물었다. 무책임하고 지저분한 행위였다.

그것이야말로 그녀다웠다. 그녀는 더는

자신을 존중하지 못했다.

*

평일 정오였다. 진유는 보통 오전 6시에서 6시 30분 사이에 삼각김밥으로 끼니를 해결하곤 했다. 해가 중천에 떴을 때 아침을 먹는 일이 얼마 만인지. 그토록 선망했던 직업을 잃은 후에야 삶은 제자리를 찾았다. 하지만 생각의 꼬리 칸에 탑승한 손님은 기대감이 아니었다. 불안과 후회 그리고 슬픔. 세 명의 여신을 이간질했던 에리스는 언제나 초대받지 않아도 담을 넘을 줄 알았다. 재앙의 싹이 되는 황금 사과가 이미 진유에게 도착해 있었다.

마주 앉은 바다는 아무런 걱정 없이 수육 한 점을 집었다.

"고생 많았어요."

음료를 손수 따라 주었지만, 진유는 고개만 꾸벅일 뿐 받지 못했다. 바다는 다 이해

한다는 얼굴이었다.

"어려운 부탁일 텐데 잘 처리해 줘서 고마워요. 제가 현장에 들어갈 수는 없어서요."

"별일 아니었습니다."

"그 돈으로 뭐 해 볼 거예요? 여행? 창업?"

"아직은 생각을……."

"우리는 이제 홀가분해지기만 하면 돼요."

진유는 애꿎은 물수건을 두 손으로 잡아늘이며 행간의 공백을 어떻게든 줄여 보려 했다. 그러나 바다에게 건넬 말이 도통 생각나질 않았다. 방을 잔뜩 어질러 놓고 엄마에게 모르는 일이라고 거짓말을 했더니, 무고한 강아지를 혼냈던 순간처럼 죄책감이 심장을 쿡 쑤셨다. 큰 잘못은 아니야, 이 정도는 괜찮아, 그리 생각해도 쿡. 진유는 축축해진 손으로 가슴팍의 옷감을 매만졌다. 이 불쾌는 물로 해소할 수 없었다.

"어디 불편해요?"

"마음이 좀 안 좋습니다."

"사람은 사리 판별에 능해야 합니다. 그

래야 뜻하는 바를 다 이루지요.”

“제가 무슨 일을 한 건지 아직 잘…….”

바다가 고민을 가뿐하게 해체하는 산뜻한 음성으로 응수했다.

“별일 안 하셨어요. 혼자서 생각하느라 죄의식을 느끼실 바에야 제 입으로 정리를 해 드리면 마음이 좀 편해지시나요? 영상에서 새가 분수대에 내려앉기 전까지의 상황만 남기고 이후의 데이터는 폐기해서 제출하셨어요. 어려운 일은 아니었겠죠. 공후가 직접 현장에 다시 갔던 걸 단서로 망상장애가 아니라 다분히 이성적인 상태였고 그래서 증거를 은폐하려 시도하기까지 했다고 정리해 주셨습니다. 공후가 취조실에서 영상을 보여 준 이유에 대해서는, 직접 영상을 조작하여 당신을 속이려 했다는 주장으로 형사의 의심을 차단했고요. 덕분에 공후가 범인이란 게 사실이 됐습니다. 사실이 진실과 거짓 중 무엇을 포함할지는 선언자의 재량 아니겠습니까? 정말로 별일 아닌, 모두가 영리하게 살기 위해 한 번쯤은 저지르는 작은 일입니다."

저지르는. 그 말에 진유는 엄지손가락의 첫 마디를 깨물었다. 태연하게 수육에 부추 절임을 얹어서, 크게 한입 머금은 바다는 콧노래를 흥얼거렸다. 그리고 덧붙였다. 태오만 불쌍하게 됐으니 잘 살게 도와줄 거라고. 진유는 바다가 누구를 혹은 무엇을 사랑하는지 전혀 이해할 수 없었고 납득도 되지 않았다. 그러나 누군가의 납득 따위는 지금 바다에게 아무 의미가 없었다. 진실이 곧 힘이니 그것을 움직일 수 있는 자는 무엇도 필요로 하지 않았다.

"나는 가진 게 많아요. 진유 씨에게 했던 것처럼 다른 사람들에게 좋은 것을 베풀 수가 있어요. 그런 내가 뭔가를 포기하도록 만드는 사람들은요, 공리주의적 관점에서 부도덕한 사람들이에요. 가성비가 나쁜 일을 해서라도 정리가 필요하죠."

그녀는 자신이 선역이라는 억지는 부리지 않았다. 단지 이 결정이 자신만의 철학을 바탕으로 채택한 차악이라는 주장을 강조 할 뿐이었다. 물론 최악은, 이 일을 시도조차 하지 않는 방임이라는 말이 유머처럼 뒤따라 붙었다.

"그런데 망상장애는 사실일지도 모르겠습니다. 본인 입으로 자기가 환생한 빈센트 반 고흐라고 떠드는 여자가 미친 여자가 아니면 뭘까요? 걘 좀 이상하긴 했네요."

그 시절의 고흐는 밤하늘을 바라보며 어떤 노래를 불렀기에 별들의 미움을 산 걸까. 어째서 그때에도, 지금에도, 찢어지지 못한 채 길게 이어진 하늘이 불행을 방관하는지 진유는 도저히 알 수가 없었다. 선악을 굳이 판별해야 한다면 지금 눈앞에서 포식을 하고 있는 여자는 선보다 악에 가까웠다. 그러나 눈앞의 여자가 가진 미래는 진유가 외면한 여자의 것보다 더 창창했다. 운명은 인간의 얼굴을 하고 있어 사리 판별에 능했다. 그래서 치사했다.

만약 하늘이 돕지 않았더라면 어땠을까.

고경이 사랑했던 작은 새 한 마리가 분수대에 내려앉지 않았더라면. 시야를 가리지 않고 모든 영상이 그들의 엉킨 과거처럼 연속적으로 이어져 진유가 임의로 끊을 수가 없었더라면. 하다못해 취조실 유리 너머로 형사가 볼 수 있게끔 공후가 노트북의 방향이라도 바꾸어 설명했더라면. 진유는 더 세게 마디를 깨물었다. 모든 상황이 공후가 아닌 바다를 도왔다. 그녀의 케케묵은 악의가 운명의 끈을 자를 수 있도록 신은 방관 대신에 적극 개입을 마다하지 않았다. 그래서 진유는 돈을 받았다. 지겨운 프로파일링을 청산할 미래도 얻었다.

또한 영속적인 불행을 선물받았다. 본인의 손으로 닫지 못할 휘황찬란한 상자에 담긴.

"바다 씨. 죄책감을 느끼지는 않으시나요?"

"나쁜 사람이 나쁠까요? 나쁜 사람을 만든 사람이 나쁠까요?"

"잘 모르겠습니다."

"고집이 센 사람들은 보통 꼴통입니다. 진유 씨처럼 융통성 있는 사람들은 유능하고요. 그리고 유능한 사람이 대체로 좋은 사람이기도 하죠. 누가 남았고, 누가 정리됐는지를 보면 더 명쾌해지죠?"

어디서부터 준비된 불행인지 진유는 궁금했다. 사건을 배정받기 전부터? 형사가 공후를 범인으로 확신했을 때부터? 아니면, 바다와 공후가 친구가 되었을 때부터? 그것도 아니라면 빈센트 반 고흐라는 필멸자가 이 땅에 당도하고, 한 번 더 재래한 그 순간부터? 행운과 불운. 반복되면 그것들은 운이라는 한 글자의 껍질을 탈피한다. 끝내 생으로 변태한다.

침묵하던 진유는 메시지를 확인했다. 형사였다.

"바다 씨, 저는 무섭습니다."

"천벌받을까 봐요? 받아도 내가 받겠지요. 협상조차 신이 만든 행위이니 걱정하지 마세요. 저는 잘합니다.”

“그게 아니라요…….”

“그럼요?”

“반공후 씨가 체포되지 않았습니다.”

“곧 되겠죠.”

“오늘 새벽부터 집에 없었다고 합니다.”

인생이란 무한히 원을 그리는 비둘기의 날갯짓일 뿐이라는 입 없는 말이 사실이라면 공후는 지금 시작점을 향해 날아가고 있었다. 진유는 자신이 돌이키지 못할 선택을 내렸음을 모르지 않았다. 진실을 밝혀 달라며 숨이 찰 때까지 울던 용의자의 얼굴이 잊히질 않았다. 그래서.

두려웠다.

*

공후는 이젤을 차에 싣고 액셀을 밟았다. 늦은 밤, 앞 유리 너머 불빛들이 낡은 머리끈처럼 늘어지는 모습을 보면서 자꾸만 얇아지려는 의지를 다그쳤다. 그림을 그려야 하는 순간이 오면 그림을 그렸다. 그것이 그녀에겐 세상과 대화하는 유일한 방법이었다.

어디선가 환청 같은 총성이 울려 퍼졌다. 고흐가 가슴을 쥐어짜며 신음하는 환상도 보았다. 밀밭에 쓰러지는 중에도 소리치지 못했던 이유는 죽기 직전에 불러야 할 이름을 정하지 못해서였다. 가슴속에 많은 사람이 스쳐 지나가다 끝내 고갱의 형상으로 완성됐을 때, 그는 비명을 지르며 달아나는 소년들을 보았다. 먼발치에서 서둘러 자리를 뜨는 라파드가 보였다. 죄악의 달음박질은 정돈되지 않아서 반드시 족적을 남겼다. 그럼에도 그는 눈을 감기로 했다. 이것이 가장 완전한 형태로 돌아온 마음의 대가라 생각하면 달게 받겠다고 다짐했다. 만용이 죽음과 함께 피어올랐다.

테오는 고흐가 여관방의 싸구려 침대 시트 위에서 피 흘리며 죽어 가는 동안 곁을 지켰다. 고흐는 별 볼 일 없는 처지에도 건방지

게 안심했다. 아주 혼자는 아니었으니.

병원에 가자는 테오의 호소에 고흐는 얼마 전 그렸던 〈까마귀가 나는 밀밭〉을 떠올렸다. 생과 사의 분기점에서 본 것이 그 밀밭이라 다행이었다. 자신의 작품 속에 영원히 감금되는 일은, 예술에 매몰된 그에게 마약성진통제와도 같은 기묘한 안도감을 주었다. 그는 비로소 영속적인 작품을 완성했다고 믿었다. 피비린내 나는 숨을 뱉으면서도 웃을 수가 있었다.

작품을 많이 팔지 못하리라는 걸 알고 있었다. 고갱과의 관계를 회복할 수 없음도, 지누 부인에게 제대로 된 도움을 주지 못함도 알았다. 바랐던 일들이 모두 실패하여 생의 낙제자가 됐음에도 그는 고집을 부렸다. 작품을 만들고 싶었고, 만들 수 있으리라 믿었다. 돈을 벌기 위함이 아니었다. 작품을 팔아 누군가 살아갈 가정의 벽에 걸게끔 하고, 벽난로 불에 녹아 팽창하는 우주가 되게끔 하고, 그들의 웃음을 비료 삼아 생명을 피우고, 그리하여 본인에게 닿았던 모든 인연의 획이 색을 잃지 않길 바랐다. 외로움을 양분 삼아 자라는 것이 예술이라면, 그 총체는 고통일 수밖에 없었다. 예술은 살아 있는 모든 것 앞에서 한결같이 공평했다. 그러므로 예술가에게 주어지는 헌신의 대가란, 세상으로부터 완전히 유리될 수 있는 절대적 고독이었다.

으스러진 장기를 어떻게든 봉합하여 목숨을 부지해 봤자 영원히 스스로를 설명하지 못할 화가로 남을 거란 직감이 선명했다. 타자라는 점이 모여 이뤄진 거대한 점묘화에서 스스로를 얼룩이라 믿었던 고흐는 관계에 서툴렀던 자신을 놓았다. 그러니 그가 환생했다 추측되는 공후의 삶 역시 사위어 갈 뿐이었다. 고경은 죽었고, 바다는 등이 돌아선 인연이었다. 공후는 눈치가 더딘 데다 계산적이지도 못해 쓸모없어진 자기 인생을 더는 탓하고 싶지 않았다.

새벽의 놀이공원은 입구조차 열려 있지

않았다. 공후는 그 앞에 이젤을 세우고, 하얀 캔버스를 세팅했다. 삶이 예술이라면, 마지막에 남아야 할 작품은 무엇이 되어야 할까. 행복했던 순간, 서글펐던 순간, 화가 났던 순간. 그 모든 과거에 자기 자신이라는 형상이 남아 있으려면 획이 필요했다. 무한한 생명을 이어 가 영원히 사람들의 집에서 집으로 옮겨 다닐 강인한 물질. 그것이야말로 공후가 믿어 온 예술의 힘이었다. 그렇다면 무엇이든 상관없었다. 설령 백지를 남긴다고 한들 이 백지를 담아 줄 눈동자들만 존재한다면 괜찮았다. 오염되지 않은 캔버스를 세웠다.

세계에 남길 인사였다. 비로소 고통을 대가로 불멸을 하사받는 순간이었다. 공후는 입구 밖 나무의 제일 굵은 가지에다 밧줄을 꼼꼼히 묶었다. 어느 방향으로 세로 획이 나부껴야 백색의 종이와 잘 어우러질지 가늠하는 건 쉬운 일이었다. 모든 준비가 끝난 뒤 캔버스의 하단에 서명을 기입했고, 단 한 줄의 메모를 끝으로 그녀는 밧줄의 품에 안겼다.

낙엽은 건조하고 가을은 조각나 바스러졌다. 먼지들이 어딘가로 귀향하는 계절이었다.

그러니 다음의 유언은, 고흐와 공후가 공존했던 마지막 시대에 그들이 선택한 최후의 마케팅이 된다.

'슬픔은 영원한 것이니 나는 집으로 돌아갈 뿐입니다.'*

* "슬픔은 영원히 계속될 것이다 La tristesse durera toujours." 빈센트 반 고흐가 동생 테오에게 보낸 마지막 편지의 문장 각색.

1.

벚꽃이 옷을 반쯤 벗어 사방이 매혹적인 색으로 얼룩덜룩했다. 신입생 오리엔테이션에 참석하지 않았던 공후는 강의실을 찾지 못해 한참 캠퍼스를 돌았다. 풍경이 아름다워 헤맴까지도 하루의 갈피가 되어 주는 정오였다. 기장이 애매한 짧은 머리칼이 뒷덜미의 땀자국을 이따금씩 닦았다. 큰 느티나무 너머에 강의동이 있었다.

나무 그늘이 삼킨 벤치에 한 여자가 앉아 있었다. 공후는 두 손을 눈썹 뼈 위에 올려 햇살을 막았다. 그 너머의 풍경이 잠시 발걸음을 묶었다.

삼각김밥을 양손으로 들고 굶은 쥐처럼 베어 먹는 여자는 조금 피로해 보였다. 공후는 언젠가 아르바이트에 가기 전 길을 걸으며 빵을 먹어야 했던 자신을 떠올렸다. 차이가 있다면 먼 여자의 머리칼은 지나치게 길다는 것이었다. 여자는 식사에 집중하지 못하게 약을 올리는 제 머리칼을 내버려 두고 있었다. 몇 가닥은 입안에 들어가기까지 했다. 그녀는 소 없이 흰밥과 김만 가득한 부분을 먹으면서도 성실히 씹었다. 마르고 어깨가 좁은 체형은 허기를 형상화한 모습 같았다. 대충 입어 어깨선이 뒤로 넘어간 체크 셔츠와 받쳐 입은 구김진 흰색 티셔츠. 넘실대는 머리칼. 온 세상이 분홍과 연두로 얼룩덜룩한데 그녀 혼자서 새까맣고 하얬다.

공후는 서 있던 자리에 자신도 모르게 앉았다. 가방에 넣어 뒀던 종이와 연필을 꺼냈다. 허기를 달래는 여자, 옷매무새를 정리하지 않는 여자, 삼각김밥을 삼키는 여자. 매부리코였지만 볼록한 곡선은 우아했고, 맛이 있는지 혼자 고개까지 끄덕이는 모습에 부끄러움이 없었으며 한쪽만 파인 보조개가 외롭다기보다는 오히려 그 자체로 완전했다. 처음 보는 이의 한낮을 그렸다. 점이 찍혔고 선이 생겼다. 그러면 형상이 되었고, 인체로 변했다. 공후는 계속 여자를 그렸다. 그리면 기억하게 됐다. 기억하면 원하게 될 줄을 알면서.

크로키가 완성되기 전에 여자는 자리에서 일어났다. 몸의 각도가 공후를 향하고 있었지만 눈은 마주치지 않았다. 척 보아도 든게 없어 보이는 헐렁한 가방이 학업에 대한 그녀의 무관심을 드러냈다. 두 다리는 회색카고 팬츠에 감싸여 있었지만 계단 한 칸을 디딜 때마다 가느다란 선을 드러냈다. 공후는 궁금했다. 자신은 뒤에서 바라보면 어떤 획일까. 저 여자 같기를 바랐다.

그림자를 쫓지 않아도 그녀는 이미 공후가 가야 할 곳에 있었다. 강의실의 창문 너머

로 입가의 김을 떼지 못한 여자가 보였다. 운
명이라 말하기엔 쑥스럽고, 우연이라 넘기기
엔 기쁜 만남. 공후가 그녀에게 물었다. 이름
이 뭐예요. 그녀가 웃었다.

"네가 반공후지? 이름이 특이해서 오티
날 한참 찾았는데."

교수가 출석을 부르지 않은 탓에 묻는
말에 대답하지 않는 여자의 이름이 무엇인지
공후는 알아내지 못했다.

여자는 그림에 관심이 없어 보였다. 편
의점에서 아침 식사로 먹을 삼각김밥을 고를
때만 행복해 보였다. 공후는 느티나무가 잘
보이는 먼 벤치에 앉아 늘 그녀를 기다렸다.
친하게 지내자는 간단한 말이 어려웠던 공후
에게 그림은 세상에 보낼 수 있는 유일한 인
사였다. 받아 주는 사람이 없어도 성실히 안
녕을 그렸다. 순간을 작품으로 바꿀 수 있는
능력이 자신에게도 있다 생각하면, 늘 외면
당하기만 했던 세상에서도 혼자가 아닌 것
같았다. 사방은 언제나 태어나 처음 보는 풍

경. 우주가 팽창을 멈추지 않는다면 우주 안의 어떤 것도 불변하지 않았다. 모든 것은 자꾸만 바뀌었다. 작년에 보았던 봄과 동일한 봄은 존재하지 않았다. 그렇다면 눈앞에 펼쳐진 봄 또한 처음이자 마지막일 봄. 빛이 있는 곳에는 항상 변화가 있었다. 그 아래에서 한 여자의 변화를 목격할 수 있음에 공후는 감사했다. 나날이 획이 생겼다. 자꾸만 형상이 되고 인체가 되었다. 다 그리고 나면 마음이 멋대로 빛을 주어 그림을 밝혔다. 언젠가부터 내 안에서 반짝이는 사람. 공후는 그 돌발적 인지가 싫지 않았다.

그녀는 늘 같은 자리에서 삼각김밥을 먹었다. 하나만 먹고는 배고프지 않을까. 공후는 걱정했다. 가끔은 목이 막히지 않는지도 알고 싶었다. 그러다 어느 날 그녀의 곁에 마른 참새 한 마리가 내려앉았다. 그녀가 새에게 밥알을 주며 환히 웃었다. 공후는 그 장면을 영원처럼 바라보았다.

강의실에서 옆자리에 먼저 앉기는 두려

었다. 그림을 그리고 또 그려도 전해 줄 행운은 생기지 않을 것만 같았다. 세상은 계속해서 분홍을 털어 내고 초록을 뽑았다. 모든 색은 처음이 곧 마지막. 그 어떤 것도 동일성을 지키지 못했다. 그랬기에 공후는 여자의 새까맣고 하얀 매 순간이 아쉽고도 반가웠다.

어느 날 그녀가 곁에 앉아 공후의 바쁜 손을 보며 방법을 물었다. 네가 하는 건 어떻게 하는 거니. 공후는 그림을 보며 더듬더듬 대답했다. 관심을 가지고, 집중하면 돼. 그녀가 코웃음을 쳤다. 기대에 못 미친 대답이 귀엽다는 듯이.

"같이 학식 먹을래?"

"나랑?"

"여기 너 말고 누가 있니."

"너한테는 같이 밥 먹을 사람 많지 않아?"

"그게 신경 쓰였어?"

"아니, 그냥."

"닭갈비 비빔밥 먹자. 내가 사 줄게. 참치 비빔밥 먹고 싶으면 그거 먹어. 난 아침마다 참치 마요를 먹었더니 좀 물려서.”

공후가 조심스레 받아쳤다.

“밥…… 왜 사 줘?”

여자는 어처구니없다는 듯 꽃봉오리 같은 입술을 터뜨렸다. 그 웃음의 영문을 몰랐던 공후는 가엾게 긴장했다. 무언가를 두려워하는 것처럼 보이는 모습에 여자는 공후를 안심시키기 위해 체크카드를 꺼냈다. 그때에 그녀는 욕심이 없어 적은 돈을 자랑하면서도 부끄러워하질 않았다.

“너, 참새를 닮았어.”

잎들이 기약 없이 떠나는 봄. 여자는 비로소 공후의 세상에서 고경이라는 이름을 가졌다. 걸음이 빠른 고경의 그림자를 밟지 않게 조심하며 공후는 치열히 뒤를 따랐다. 어디에 살고, 어느 고등학교에서 왔고, 그림에 얼마나 관심이 없는지. 그녀가 건성으로 던지는 일상을 귀한 재료로 주워 담았다. 툴툴거리는 모든 말에 저마다의 색이 있었다. 색이 존재한다는 건 빛이 있다는 것. 그렇다면 그것 또한 처음이자 마지막이었다. 사라질 것들을 좋아한다는 인식은 생경했다. 봄도 아닌 사람이면서.

태어나 처음 만난 내가 좋아하는 대상. 그것은 귀하지 않은 얼굴을 하고서, 특색이 없는 목소리를 갖고서도 가장 특별한 사람이 될 줄을 알았다. 어딜 그리 바삐 가는지 고경은 부슬부슬한 머리칼을 대충 넘기며 걸었다. 넓은 보폭이었다. 피아노가 없음에도 음악이 들리고, 빵집 하나 없는 길거리에서 단내가 났다. 고경을 쫓을 때마다 공후의 감각이 열렸다. 활기를 견디지 못해 숨이 가빠졌다. 무엇 때문에 심장이 뛰는지 분간이 어려워 차라리 다행이었다.

"후야, 차도 쪽으로 걷지 말고 안으로 와."

"후야?"

"앞으로 네 애칭."

"웬 애칭까지."

"뭐 어때. 배고픈 사람끼리 같이 밥도 먹고, 커피도 마시고, 친하게 지내자."

“나랑 친해져서 좋을 게 뭐가 있다고.”

“나처럼 밥 사 주는 사람 놓치면 나중에 후회한다?”

“나도 밥 먹을 돈은 있어…….”

“팅기지 말고 빨리 이리로 와. 밥 먹고 같이 카페도 가자. 체리 케이크 좋아해?”

낯선 사람들이 가득한 길거리에서 공후는 상대의 이름을 오래도록 발음해 보았다. 누구에게 들킬 일이 없어 몇 번이고 반복해도 괜찮은 속 발음으로. 두 여자는 조금 더 가까이 걸었다.

수련과 붉은 지붕으로 이뤄진 마음

십 년을 채 채우지 못한 어떤 겨울의 일이다. 나의 글을 싫어했던 옛사람이 남겨 둔 붉은색 쌤소나이트 백팩을 등에 지고 서울로 향했다. 혼자 떠난 첫 여행이었다. 그 무렵의 부산은 해운대에 자리한 시립미술관을 제외하면 전시장이라 부를 만한 공간이 드물었고, 예술을 탐닉하겠다는 욕망은 늘 도시의 경계에서 제자리걸음을 반복했다. 나는 사흘 동안 몇 곳의 미술관을 돌며, 전시 하나미다 A4 용지에 감상을 남겨 두자는 투박한 다짐을 세웠다.

여정의 시작은 본다빈치뮤지엄에서 열린 클로드 모네의 디지털 전시였다. 지금에 이르러 나는 디지털 전시에 마음을 두지 않게 되었으나, 당시에는 전시라는 말만으로도 가슴이 먼저 반응했다. 이른 평일 아침, 여러 번 대중교통을 갈아타며 고된 이동 끝에 전시장에 도착했다. 그곳에서 모네의 〈수련 *Nymphéas*〉 연작과 마주했다. 프랑스 오랑주리 미술관*Musée de l'Orangerie*의 공간을 본뜬 전시장에는 사람의 기척이 없었다. 드물게 한산했다. 백색 아치형 의자에 앉아 수련의 푸름이 시작되고 끝나는 과정을 지켜보았다. 고요 속에서 시간은 흐르기보다는 곁에 머물렀다.

인상주의란 빛에 따라 끊임없이 변모하는 세계를 붙잡으려는 시도다. 더 나아가 붙잡지 못함을 알면서도 화폭에 남기려는 집요한 태도다. 예를 들어 모네의 〈건초 더미 *Meules*〉 연작은 아침에서 저녁으로 이어지는 하루의 흐름 속에서 색을 달리하는 건초 더미를 그렸을 뿐이나, 그 일상적 대상 위에서 시간은 그림자의 방향을 바꾸고, 하늘은 푸름에서 붉음으로 옮겨 가며, 명암은 사물의 부피를 낯설게 만든다. 인상주의는 세계의 당장을, 다시는 돌아오지 않을 과거의 감각을 기억하려는 알록달록한 의지다. 아름다우면서도 서글프다. 가둘 수 없는 것을 잡아 두려는 인간의 몸부림은 단순하지 않으니까.

모네의 수련 또한 그러했다. 물 위를 떠도는 푸른빛과 초록, 희미한 분홍이 사라진 어떤 시절의 잔영처럼 느껴졌다. 나는 설명할 수 없는 습기에 온 마음을 양보하고선 등딱지처럼 단단한 가방을 끌어안았다. 사람이 없는 전시장이 허락한 외로움을 충분히 견디면서.

훗날 나는 스페인 마드리드에 위치한 티센보르네미사미술관*Museo Nacional Thyssen-Bornemisza*을 방문했다. 모네 덕에 인상주의 작품에 관심이 생겨 특히 집중적으로 살폈다. 빈센트 반 고흐의 〈레 베세노 마을*Les Vessenots in Auvers*〉은 그런 나를 멈춰 세우기에 부족함이 없는 작

품이었다. 소박한 지역(작중 언급되는 가세
박사가 살았던 곳)의 평범한 낮 풍경을 담은
그림으로, 노란 기가 지배적인 연둣빛이 화
면을 채우고, 오른쪽 상단에 붉은 지붕 하나
가 얹혀 있다. 유독 그 지붕만이 혼자 붉어
시선이 머물렀다. 이미 죽은 화가라는 사실
은 티센보르네미사 미술관에 머무는 수많은
이름들과 다르지 않았으나 고흐의 생에는 유
독 마음을 붙잡는 사연들이 많다. 자살인지
타살인지 모호한 죽음 또한 그의 서사에 통
증을 더한다.

한국에 돌아와서도 종종 붉은 지붕을 떠
올리곤 했다. 어째서 그것만 붉게 남겨 두었
을까. 왜 하필 그 자리였을까. 모두가 환하고
푸릇한 풍경 아래에서, 홀로 붉음을 끌어안
는 감각을 그 또한 알고 있었던 것은 아닐까.

고흐는 인연과 관계가 풍족한 삶을 살지
못했다. 그의 행적에 대한 윤리적 판단은 잠
시 접어 두고, 다만 하나의 생명체로서 그가
품었을 고독을 더듬어 보노라면 근원적인 의

문이 남는다. 만약 고흐가 많은 이들의 품에 둘러싸인 예술가였다면 어떤 삶을 살았을까. 어떤 방식으로 달랐을지는 모르겠지만 분명 달랐을 것이다. 그가 사람의 품에 안기기 위해 선택한 최후의 방법이 역설적이게 죽음이었을지도.

이 작품을 빌려 고백하건대, 나는 오랫동안 그를 부러워했다. 살아서는 빛을 보지 못했으되 죽어서라도 끝내 빛에 도달했다면 그것으로 충분한 것이 아닐까 하는 생각 때문이었다. 죽음과 맞바꾸어 어디에 두어도 사라지지 않을 붉음을 남긴 존재가 부러웠다. 온 세상이 이제 그의 작품과 연대하고, 기꺼이 포옹한다. 그는 죽어서 예술과 친구가 됐다. 그 관계성은 소멸하지 않는다. 가끔 나는 글을 앞에 두고서 스스로에게 철없는 질문을 던지곤 한다. 만약 나 또한 그를 흉내 낸다면 내 작품에도 하나의 붉은 지붕이 남게 될까 하는.

타인에게 용인되지 못한 삶을 사는 이들

나의 소설이 언제나 그렇듯 선물을 두고
가겠다. 소설에서 언급한 그림들을 한 곳에
모은 영상이다. 당신에게 작품 너머의 삶들
과 공명하는 순간을 주고 싶었다.

반 고흐의 마지막 획

ⓒ 청예

초판 1쇄 인쇄 2026년 3월 15일
초판 1쇄 발행 2026년 3월 25일

지은이 청예
기획실 정진우 정재우
책임편집 이예준 | 편집 박서령 김혜원 이다영 | 디자인 강희철
마케팅 홍보 곽예인 | 디지털콘텐츠 구지영 | 제작 관리 윤준수 고은정 이원희
제작처 영신사 | 표지 본문 디자인 상록

펴낸곳 열림원 | 펴낸이 정중모 방선영
출판등록 1980년 5월 19일(제406-2000-000204호)
주소 경기도 파주시 회동길 152
전화 031-955-0700 | 팩스 031-955-0661
홈페이지 www.yolimwon.com | 이메일 editor@yolimwon.com
페이스북 /yolimwon | 트위터 @yolimwon | 인스타그램 @yolimwon

ISBN 979-11-7040-375-3 04810
ISBN 979-11-7040-379-1 (세트)